手話美しく

～伊東雋祐の歌

松本 晶行

目次

I

Ⅱ

Ⅲ

Ⅳ

※引用した短歌には今の時点では不適切とされる表現を含むものがありますが、そのままを掲載しています。

※本文は財団法人全日本ろうあ連盟の機関紙・日本聴力障害新聞一九九一年四月号〜一九九九年十月号に隔月（一時休載）で連載したものです。

I

今悔ゆるなき

全国手話通訳問題研究会（以下全通研）運営委員長伊東雋祐《しゅんすけ》はまた歌人でもある。その歌集『声なき対話』は、ろう児とろうあ者を歌ったもので占められている希有《けう》の歌集である。ただ、伊東雋祐は昭和四三年初頭に『声なき対話』を出したあと何故か短歌をつくることをやめてしまう。そして二十年。伊東雋祐の短歌はいつのまにか忘れられ、埋もれていった。最近またつくりはじめたようだが『声なき対話』のことを知る人はほとんどいない。

しかし、日本の近代は与謝野晶子の『みだれ髪』で目覚め、斎藤茂吉の『赤光《しゃっこう》』で確立したと言うが、『声なき対話』もろうあ運動の目覚めと初期の歩みをそのまま凝縮させていると言っても過言ではない。埋もれさせるのはあまりにも惜しい。

『声なき対話』の中から秀歌を選び、若干の私感を蛇足して紹介してゆくことにした理由である。

なお短歌のふりがなは若い読者の便を考え松本がつけた。文中敬称を一切略すことと共にあらかじめお断りしておく。

歌集『声なき対話』は昭和二四年から四二年までの間の作品四五〇首ほどを収録している。その巻頭第一首。

暮るるまで教えて出ずる靄《もや》の道今悔ゆるなき心湧《わ》きつつ

ろう学校に就職したはじめての年の歌である。おそくまで教えての帰り。ろう学校に入りたいと願って入ったわけではないのだろう。就職後もこれでよかったのかという迷いがあったのだろう。しかし、今はもう後悔はない。「今悔ゆるなき心湧きつつ」というところに新人教師の決意が感じられる。伊東雋祐のその後の人生が決定した瞬間である。

聞こえざる子ら連れて来しここにもまた子らあり点字読む清き音

聾児一人もつ故《ゆえ》生きていくという母なりきその強き言葉なりき

ここにもまた障害児に、その家族に、初めて接した若い教師の新鮮で素直な感動がある。しかし、ろうあ者をとりまく社会の重苦しい現実に気づいてゆく中で、この素直な感動は次第にオリのように暗くよどんでゆく。

伊東雋祐はこのよどんでゆくものから目をそらさず見つめてゆこうとする。

絵によりて職を得たしという君よ聾唖故《ゆえ》またことわられ来つ

聾者にて教師にてろうあ者の暗き心君は訴《うった》う幾度にても

この聾児らにまつわる如き澱《よど》みともわれの仕事の暗くはかなし

一首目は昭和二六年作。他の二首は昭和二七年の作。

自分のやりたい仕事をろうあ者というだけで断られるのは、今もしばしばあることだろうが、当時はもっともっと深刻だったたし、なによりもそこには展望がなかった。ろうあ者自身、自分の、また仲間たちの「暗き心」を訴えるしかなかったし、その中で「今悔ゆるなき」と歌った青年教師の若々しい心も展望を失ってゆく。「われの仕事の暗くはかなし」と嘆ずるようになってゆくのである。

ほろほろ酔いつ

ふつうのろう学校教師はここまで見つめない。見つめても仕方ないことだし、それよりも毎日毎日の教室に子供たちの発達を見るだけで忙しい。第一その方が楽しい。

伊東雋祐がこの「暗さ」をみつめ続けたのは、いつからのことか知らないが、成人ろうあ者の手話通訳をするようになったからではないか。

幾莫《いくばく》の通訳費ろうあ者よりもらいその金にまたほろほろ酔いつ

昭和二九年の作。今の手話通訳はもっとカラリとしているだろう。通訳するだけの自分にはどうしようもない現実にうちのめされ、通訳のあとで一人ほろほろと酔う、という思いはめったにしないのではないか。

しかしろうあ者をとりまく現実が本当にカラリとしたものになったのだろうか。今通訳を終わったその問題は何の暗さもないことなのだろうか。

伊東雋祐はろうあ者の苦悩に自分も悩みながら通訳した。決して他人事を通訳したのではなかったのである。今の手話通訳がカラリとしているのは、ひょっとすると、実は自分とは関係ない他人事について通訳しているという面があるからではなかろうか。

ろうあ者の思いを理屈ぬきにそのまま自分の思いとして感じとる感性、これこそが伊東雋祐なのである。

一九九一年四月

諾《うべな》いくるる人が欲《ほ》し

生徒の学力をどうのばしてゆくか、昔も今も教師にとっての大きな課題である。そしてろう学校教師の場合、成人ろうあ者の学力という問題にも直面する。

大工徒弟洋裁見習機械工月末は誰も夜学には来ず

大工徒弟《だいくとてい》・洋裁見習《みならい》・機械工《きかいこう》・月末《げつまつ》は誰も夜学《やがく》には来《こ》ず、とよむ。徒弟は見習弟子のこと。伊東雋祐は働く成人ろうあ者のために「夜学」をはじめた。ろうあ者の力を何とかして伸ばしたいという熱意がその支えだったが、現実はきびしい。月末になると残業・残業で、ろうあ者の方は夜学どころではなくなるのだ。

窓外《そうがい》は冷《ひ》えつつ夜《よる》の雨にして遅《おそ》き生徒をわが待ちており

生徒二人に減ってしまった夜学では補助金も当《あて》に出来なくなりぬ

外は雨。次第に冷えこんでゆくが生徒はまだ来ない。窓の外に目をやりながらじっと待ち続ける。

遅くなるだけならいい。月末だけならまだいい。アフターファイブという言葉は今でも一部だけのものである。仕事に追われる生徒はだんだん来なくなりとうとう二人だけになってしまう。何とか出ることになった補助金もこれではアテにできないようだ。

この報われることの少ない仕事は、しかし、同僚教師たちにも理解されず、伊東はしばしば孤立したようである。


わが仕事を諾《うべな》いくるる人がほししきりに欲《ほ》し匂《にお》うような雪降る街に

諾《うべな》いくるる。あまり聞かない表現だが、承諾してくれる、認めてくれるという言葉だろうか。自分の仕事を認めてくれる人がほしい。やわらかな雪が降り続き、心にしみこむこの淋しさ。「夜までがんばらなくても……」「伊東先生はろうあ者に甘いからね」「ゴマスリでしょうね」そんな陰口が聞えてくるような、しかも月末には誰も来ない教室を後に、街の中を歩き続ける。

以上すべて昭和三〇年作。

伊東雋祐は、このとき情熱のままに行動しながら、しかしまだ仲間たちを動かす方法を知らず、仲間たちを信頼しきれずにいる。多分ろうあ者をも、まだ――。

殻《から》に閉《と》ざしき

このやり場のない孤立感はこの頃伊東が重複障害学級の担任となったことと無縁ではなかろう。重複障害のろうあ者の問題は最近やっと理解が広がろうとしているが、「やっと、最近」である。三五年も前だと、ろう学校全体が「耳が聞こえないだけで知能に障害はありません」「耳は聞こえませんが、声を出してしゃべることができます」という善意の（?・）差別的宣伝に懸命だった時代である。知的障害の生徒などというのは、たいていの教師にとって「厄介なお荷物」だった。

いつまでも知恵《ちえ》つかず聾唖なる故《ゆえ》に汝《なれ》もわが組に入《はい》り来《き》りぬ

特別学級誰もわかってくれぬのが意地固《いじかた》く我を殻《から》に閉《と》ざしき

昭和三二年作。一首目。他の学校から入って来たのか、ろう学校の他の学級からか。多分後者だろう。汝《なれ》（おまえ）と親しく呼びかけながら、歓迎の辞ではない。「汝《なれ》は」ではなく「汝《なれ》も」、そこには「お前も追い出されて来たのか」という哀《かな》しみと怒りがひそんでいる。それはまた「誰もわかってくれぬ」という吐き捨てるようなつぶやきにつながる。（意地固く、これも変な、如何にも生硬《せいこう》な表現ではあるが、心を固く殻の中に閉じ込めているその硬さを表現できているように思う）。

途方もない心明るさ

もっとも、伊東がいつも暗い歌を作っていたわけではない。ろうあ者の現実はたしかに重苦しいし、暗いが、同時にろうあ者は、一面、昔も今も底抜けに明るい。

卒業式終えてそれぞれ帰りゆく生徒らよ明るき手話かわしつつ

当時の現実が卒業して数カ月で「ものいわず不便だからとはや一人《ひとり》首きられすごすごとして来《きた》りたり」というようなものであったとしても、「手話かわしつつ」語る楽しさをろうあ者から奪うことはできなかったのである。

仲間同士手話で語りあい、笑いあうろうあ者は、本当に途方もなく明るい。暗さを正視した伊東は、またこの途方《とほう》もない明るさの輪の中に素直に入りこみ、手話で語り合った伊東でもあった。

ろうあ者のことからちょっと離れて、私の愛誦《あいしょう》してやまない一首に、同じ三二年の作で、海よりの風はたはたと吹きめぐり途方もないこの心明るさがある。

歌人・吉井勇の「夏はきぬ相模《さがみ》の海の南風《なんぷう》にわが瞳燃《ひとみも》ゆわがこころ燃《も》ゆ」をちょっと思い出すような歌で、あるいはこれも恋のよろこびの歌なのかも知れないが、「途方もない」心明るさというところがまさしく伊東雋祐であろう。

ろうあ者と底抜けの明るさを共有できる伊東の天性がここにある。

一九九一年六月

新しい変化

伊東雋祐は『声なき対話』の後記として
「大変恥ずかしいが、以前私は、ろうあ者の問題を単に聞えない人々個人の背負う、宿命的な悲しみとしてしか把《と》えていなかった。私がろうあ者のじかの声や、ろうあ者集団の運動から学ぶことの大切さを認識しはじめたのはつい最近のことといってよい」「私はこの仕事を一般とは疎遠《そえん》な、ひどく特殊で孤独なものとして、ともすればその中にひきずられ埋没《まいぼつ》して歌を作って来た」
と書いている。（もう一度言うが『声なき対話』の発行は昭和四三年（一九六八年）一月である）。伊東は、この「ひきずられ埋没して歌を作って来た」その典型として、すでにとりあげた「この聾児らにまつわる如き澱《よど》みともわれの仕事の暗くはかなし」や「特別学級誰もわかってくれぬのが意地固く我を殻に閉ざしき」などといっしょに、昭和二九年の、

つづまりは一人の仕事に生きんとしこの夕暮《ゆうぐ》るる部屋に立ちいつ

をあげる。ろうあ者の問題を個人の問題としてしか把えていなかったからこそ、教師や手話通訳を孤独な「一人の仕事」と思う、というより自分をそう思いこませるほかはなかったのである。

つづまりは。結局は、という意味だろう。

伊東雋祐が変わっていったのは昭和三三年ごろからである。

たとえば、

差別されてその差別にも気がつかぬ少年ら夜学にはそれを教えん

君ら守る職なく法なきには触《ふ》れず罪一《ひと》つさらさらと書かれゆく

どちらも昭和三三年作だが、これまでの歌とは明らかに調子がちがう。差別されて……。今、この時点の歌としては「それを教えん」というのはイヤミであり、ごうまんであろう。

「それを学ばん」ならともかく。しかし差別に気がつかなかったのは実は伊東自身だった。「それを教えん」というのは高みから見下してのものでなく、伊東自身が学び、発見したことを一日も早く伝えたいという気持ちの高ぶりなのである。

君ら守る……。さらさらと書かれてゆくのは供述調書か。怒りを押さえて淡々と歌い上げる。大声での叫びよりもはるかに強く、はるかに鋭い批判がある。

今はためらわず

伊東のこの変化は、おそらく勤評《きんぴょう》闘争に参加してのものである。勤評といっても若い人には何のことかわかるまい。手許の『大辞林』を引くと、勤務評定《きんむひょうてい》反対闘争として「一九五六年（昭和三一年）愛媛県教育委員会が教員に勤務評定を実施し、翌年文部省がこの全国実施を決めたのに対して、日本教職員組合（以下日教組）を中心に全国的に展開された反対闘争」とある。ピークは昭和三三年九月。日教組は統一的な休暇闘争を組織した。（石川達三の小説『人間の壁』もこの問題をテーマにしている）。

伊東はこの闘争の中で、悩み、成長したのだと私は思う。

この聾児らのどこに繋《つな》がらん闘争《とうそう》と思い思いてわが弱きかな

いち早く身を守る側に切《き》り替《か》えていく幾人《いくたり》もわが仲間たり

子どもの教育に専念するのが良い教師の条件。教室をはなれて組合活動なんてとんでもない。こういう「管理」の思想は、そしてそれに忠実な者が「出世」してゆくことは、昔も今も変わらない。伊東もそこから出発する。ただ、問題から目をそらせて「身を守る」ことだけはしない。

どこで誰にあやつられ勤評などつけられていくのかああ日本の教員我等

よろよろとしていた校長に騙討《だましう》ちされぬそれより闘争に入る一瞬

われはわが自身のための闘いと今はためらわず賜暇《しかが》願い書く

三首目の賜暇願《しかねが》いは休暇願のこと。当時、日教組は同じ日、同じ時間に一斉に休暇をとる闘争に取り組んでいた。子供から、教室から離れて、行動に参加するべきか。迷い、ためらい、最後に決断する。弱さでもあり、真摯《しんし》さでもある。

思い思いて我が弱きかなと自《みずか》らを嘆じた伊東は、日本の教育を真剣に考え、そして身を守る側に切り替えていく同僚や、よろよろとしながら最後には騙討《だましう》ちする校長を反面教師として成長してゆく。

もっとも、

君などに煽動《せんどう》されて来たのにはあらず当《あて》なき坐《すわ》り込《こ》みまた続けいて

というように、仲間を信頼し、闘いの展望を信じるところまではゆかない。真摯ではあるが、物事を感性的にとらえがちで科学的分析が不得手ということ。伊東の限界と言えば限界かもしれない。

しかし、昭和三三年に、ろうあ者問題を差別の問題として具体的に理解したろう学校教師がいったい何人いただろうか。

一九九一年八月

役立ちたしと

伊東雋祐が当時「特別学級」と呼ばれたろう・知的障害の生徒のクラスをずっと担任したことは前に述べた。

とぼけたような明《あか》るき特別学級にしたしかく願《ねが》い来て七年過ぎぬ

この物言《ものい》わぬ子らにいつまでもわれ居《お》りて役立《やくだ》ちたしと一人思いぬ

当時の気持ちを彼はこう詠《よ》む。とぼけたような明るい「特別学級」にしたい、こう願って来て七年たってしまった、しかし……、と。

また、しゃべれないこどもたちのために、自分が役に立ちたい。いつまでも居て、役に立ちたい、と。

昭和三三年の作である。そのひたむきさは解説不要、直接伝わってこよう。しかし、生徒たちのことを同僚教師にも理解してもらえないまま「意地固《いじかた》く殻《から》に閉ざし」たことと裏表で、いささか気負いが鼻につくという見方もある。

「特別学級」の歌で素晴らしいものは、何の気負いもなく直接生徒たちをよんだものである。

にやにやしてくれた

思いきり進が描《か》きし男根《だんこん》の絵よくろぐろと得体《えたい》の知れぬ表現

ただ一度抱《だ》いてやったれば精薄児《せいはくじ》スミちゃんがにやにやしてくれたしてくれた

独断と偏見で言うと、この二首は伊東短歌のベスト20にはまちがいなく入る秀歌である。

一首目。絵の時間なのだろう。

進君は男根《だんこん》——、チンポコの絵をかいた。画用紙いっぱいに思いっきりかいた。くろぐろと何やら得体のしれぬ表現である。

それだけのことなのだが、ここには人を圧倒するような、不思議に感動がある。知的障害のあるこどもが力一杯描きあげたことに感動するのか、それを歌う伊東のひたむきさに感動するのか。何に感動するのか、と言われても困る。理屈ぬきの感動がここにはある。

二首目。知的障害のあるスミちゃんを抱き上げた。初めて抱いてやったスミちゃんは、喜んで、にやにや笑ってくれた。それまでは笑ってくれるどころか、教師に反応することもなかったのだろう。してくれた、してくれたのリフレインは、伊東の歓喜と感動の凝縮である。読者は伊東といっしょに歓喜し、そして歓喜する伊東の姿にもう一度感動する。


数読《かずよ》めざりししげおが給料もらって来見《きみ》せに来《き》ていつまでも札数《さつかぞ》えいる

も、しみじみとした感動の伝わってくる歌だ。しげお君は数が数えられなかった。卒業し、就職した。今日給料をもらって、学校に見せに来た。初めての給料。嬉しくて嬉しくて、数えられないのにいつまでも紙幣を数えている。伊東も嬉しくて、いつまでもその姿を見ている。しげお君の嬉しそうな顔に、伊東のとろけそうな顔がオーバーラップしてくる。

昭和五七年にオープンした京都の「いこいの村」をすばらしい先達として、各地で重度重複聴覚障害者のための作業所づくり、施設づくりの運動が進んでいる。それは、人間の生きる権利の問題であるし、ろうあ者にとってはまさしく友情と連携の問題でもある。

しかし、奥深いところでこの運動を支えるのは、これらの伊東の歌にある感動、あえて言えば生きるということについての理屈ぬきの感動ではなかろうか。

以上いずれも昭和三五年の作。

馴《な》らされて生徒らよ

伊東は、また、過去のろう教育が、口話とか言葉とかいう錦の御旗をふりかざして、ともすれば無視し、切り捨ててきたものを正視する。ろうあ者の中にあって、その差別を直視した伊東は、ろう児に対する差別を、「教育」の名による差別を、直感的に、鋭く見抜くことになる。

聞こえねばわけがわからぬ祝辞にも馴《な》らされて生徒らよ拍手を送る

卒業式か、運動会・文化祭の類か、とにかくろう学校行事の集まりだ。校長や来賓が声で、口だけで、あいさつする。ごく少数の口話の優等生を例外として、ほとんどの生徒には何を言っているかわけがわからない。しかし、その生徒たちが、終わると、一斉に拍手する。そうすることに馴《な》らされてしまった悲しい習性。

少なくとも「結果的」にはろうあ者のアイデンティティを否定し、「聞こえる人に近づける」ことを目指したろう教育への痛烈な批判がここにある。

おうむがえしにわが口形《こうけい》を真似《まね》おればいたいたいたし疑いもたぬ聾児ら

もそうだ。疑いをもたぬ聾児らにいたいたしさを感じることは、そうさせることに疑いをもたぬろう学校教師に対する、これまた痛烈な批判なのである。

これらは、昭和三五年の作品である。ここで批判されているのは昭和三五年当時、つまり三十年前のろう教育である。しかし、本当にこれを三十年前のことと言えるだろうか。三十年前の伊東の批判は、まだそのまま通用するのではあるまいか。伊東の歌が今なお新鮮さを失わない現実を、われわれはどう考えたらいいのだろうか。

一九九一年十月

手話美しく

昔よく使われた手話に「ろうあ者なんだから仕方がない」というのがある。軽くたたくようにして右のてのひらで口を押さえ、次いで同じように右の耳を押さえ、その手を手刀のように胸を斜めに二回たたく、という手話だ。（念のため、「ろうあ者」は耳・口の順ではなく口・耳の順、「仕方がない」は胸を二回たたく方で、斜めに切り下ろす表現はとらない）。諦観《ていかん》・あきらめといったニュアンスが強い。てのひらが口から耳、耳から胸とリズミカルに動き、ある意味では美しい手話である。

少女居《お》りて手話美《うつく》しく語《かた》るなり幾度《いくど》も「諦《あきら》め」という語使《ごつか》いて

と伊東がうたう時の「諦《あきら》め」は、この「ろう・あ・仕方ない」という手話ではないか。

少女は何を語ったのか。進学か、就職か、恋愛か、もっともっと大きく人生について語ったのか。

美しく表現された時の手話は本当に美しい。ろうあ者の長く苦しい忍従《にんじゅう》の人生をも哀《かな》しいまでに美しく表現してしまうのだ。

靄《もや》は深《ふか》く沈《しず》み公園の一《ひと》つの灯《ひ》われらの長《なが》き手話をば照《て》らす

もやに包《つつ》まれた公園。街灯《がいとう》ひとつ。そのぼんやりした明《あ》かりの中で交《か》わされる手話。どんな会話だろうか。やっぱり「諦め」という手話の出てくる会話だろうか。ここでも伊東のうたう手話はあくまでも美しい。

手話は美しい。今でこそこう言っても抵抗はない。しかし、これは二首とも昭和三四年、手話が動物的と言われ軽侮《けいぶ》の対象になっていた時代の作品なのである。手話を肯定するのに勇気が必要だった時代に、伊東は手話の美しさを短歌にうたったのである。

溺《おぼ》るる如く

伊東雋祐にとって、手話とは何だったか。あたりまえのことを言うと、伊東にとって、「手話はろうあ者の言葉」だった。

伊東はなによりもろうあ者が好きなのである。ろうあ者が好きでたまらない。だからこそ、ろうあ者の言葉である手話も好きでたまらない。手話が好きだから手話で話すろうあ者も好き、ということではない。

酔《よ》えば君らの中《なか》に溺《おぼ》るる如《ごと》居《お》りて手話少《すこ》しづつ覚《おぼ》え来《きた》りぬ

溺《おぼ》る。水に溺れるイメージをどこかに残しての、夢中になる、心を奪われる、といった意味。耽溺《たんでき》である。酒に酔《よ》うと、いつも溺《おぼ》れるようにしてろうあ者の中に居《い》る。いや、溺《おぼ》れるようにしてろうあ者の中に居《い》て、そして酒を飲む。何となく安心していつも酔《よ》ってしまう。それを繰《く》り返《かえ》して少しずつ手話を覚えた、というのである。これも昭和三四年の作。

良くも悪くもここに伊東雋祐の本質がある。ろうあ者が好きで好きでたまらない。ろうあ者に、そう、理屈抜きに「溺れ」てしまうのである。手話は、そのろうあ者の言葉だから何となく覚えていったのだ。

聾啞者を馬鹿にしながら言いしかば君ともいつか交《まじ》わり絶《た》ちぬ

これは昭和三二年作。同性の友か、異性の友か。その友がろうあ者のことを馬鹿にしながら言ったので、いつのまにか交際をやめてしまった。これが伊東なのだ。

この行末《ゆくすえ》どうなろうともならずともいつよりかわが深《ふか》く聾啞者住《す》めり

いつのまにか自分の心の奥深くろうあ者が住みついている。自分の人生がこれからどうなってゆくのかわからないが、どうなろうとも心の中に住みついたろうあ者と一緒にいることだけはわかっている。以下昭和三五年の作。

こんな場にのみ生き生きと僕が居《い》る手話ながら君達を見合《みあ》いさせいて

こんな場にのみ、というが、見合いの場所でだけということではない。自分がろうあ者といっしょにいる、ろうあ者の幸福の役に立とうとしている、そんな場ではじめて生き生きした自分になる、ということである。もっとも、それは同僚からも社会からも理解されない孤独の中での生き甲斐ということなのかもしれないが、それ以前にろうあ者が好きでたまらないという感情がある。

ついでだからろうあ者同士の結婚のうたを続ける。

仲人《なこうど》さんの言葉も手話になおしやり今はればれと我さえ居《お》りぬ

耳遠きながら互《かた》みは結《むす》ばれて一途《いちず》なり相並《あいなら》びわが手話を読む

一首目。美麗辞句《びじれいく》のならんだ仲人さんのあいさつも、二人にわかるように手話通訳して、今新しい人生のスタート。新郎新婦をみていると自分も嬉しくて、晴々とさえわたった気分だ、と。
二首目。ろうあ者同士でお互《たが》いに結ばれて、真剣に、一生懸命に生きてゆこうとする。今、結婚式で、仲人のあいさつか、先輩の祝辞か、手話通訳する自分の手話を一心に読んでいる。ろうあ者が好きで好きでたまらないからこそ、その幸福な姿を見ていると嬉しくて仕方がないのである。伊東は、まさしく天性の手話通訳者であった。

一九九一年十二月

二人三脚

全通研の機関誌『手話通訳問題研究』に「二人三脚」という連載がある。手をとりあって手話通訳にかかわっている夫婦を伊藤雋祐が楽しそうに紹介している。

しかし、二人三脚で取り上げるべきなのは、誰よりもその本人、伊東雋祐夫妻ではなかろうか。

手話のほとんどできない伊東の妻をろうあ者がどう見て来たか。『季刊ろうあ運動』二九号（昭和五九年秋季号。その後『季刊みみ』と改称）に、湯浅光子全日本ろうあ連盟（以下全日ろう連）元婦人部長が、京都の第一七回全国手話通訳問題研究集会での感想を書いている。

名文なので引用しよう。

（ありきたりの式典でうんざりしていたと書いて）「ところが（本当にところがですよ）感謝状贈呈に入りました。三人目に『伊東のり子さん』と名前が読み上げられた時、はて私の思い違いでなければこのお方、たしか伊東雋祐先生の、全通研運営委員長殿の、奥さまのはず、と思う間もなく、まさしく奥さまでした。これは、これは、と思いながら満席の会場を見ますと、ご自分からご自分の奥様へ感謝状を贈られることは今までなかったことなのでしょうか、爆笑のうずです。けれど、私は、知らぬ間に涙がほほをつたってきました。わかります。本当にわかります。全通研実行委員会が、どうして、先生の奥さまをお選びになられたかが、痛いほどに……。」

その手寄せいて

伊東雋祐歌集『声なき対話』にはろうあ者から離れて詠んだ歌はほとんど出てこない。その数少ない非ろうあ者詠に妻に関《かか》わる歌がある。

降《ふ》り出《いで》て烟《けぶ》るが如《ごと》き雨の道もう振《ふ》り向《む》かず君帰れかし

伊東の相聞歌《そうもんか》。数少ない貴重な恋歌である。烟《けぶ》るような雨の道を恋人が帰ってゆく。別れ難い思いに振り向き、振り向きして……。

シチュエーションがロマンチックにすぎていささか閉口するが、これも伊東の持味《もちあじ》である。

昭和三四年作。

相勤《あいつと》めながら互《かた》みに遅《おそ》き待てばはや一人のみ住む我ならず

昭和三五年、結婚後の作。

華やかなムードはないがしみじみとした喜びにあふれている一首だろう。

共働きである。帰りは待ち合わせて帰る。自分が待ったり、妻が待ってくれたり、その時々で互いに遅くなる相手を待つ。もはや一人で住む自分ではないのだ。二人一緒に住み、二人一緒に生きているのだ、と。

ついでだが、昭和三四年にはその独身時代を、

なお妻子なき我等にて風の如《ごと》はかなき時は会《あ》いて酔いにき

とうたっている。

風の如きひとりものが結婚してはじめて二人「住む」ことを知ったのである。

待《ま》ち合いてわれら乏《とぼ》しく帰る夜の道にたちまち過ぎゆく時雨《しぐれ》

人しげき街《まち》にこぼれて帰るなる町《まち》なりいつよりかその手寄《よ》せいて妻よ

どちらも昭和三五年の作。

乏《とぼ》しく。伊東独特の用語、用法というべきか。貧しくという意味だけでなく、にぎやかでない（他の人がいない）というイメージも重なっているように思う。一緒に肩をよせあって、二人だけで帰る夜道。時雨が過ぎてゆく。

二首目。人しげき街は人の多い街のこと。こぼれて。これも伊東語で、とけこめずに、入りこめずに、といった意味だろう。雑踏から抜け出して自分達の住む静かな町に帰ってくる。いつのまにか妻の手が寄り添っている。妻よ、と呼びかけるように、つぶやくように、そこに愛の凝縮を見る。

諍《いさか》えば

諍《いさか》えばまたぎこちなき二人の刻《とき》ひらひらと窓に来て雪が消ゆ

どんな夢みたのかつんつんと起きし妻一人黙って勤《つと》めに行きし

諍うは言い争うこと。口喧嘩をして二人の間がぎこちない雰囲気になり、時間がたってゆく。雪が降ってきては窓辺で消えるのを見るともなしに見つめている。

二首目の説明は必要なかろう。どんな夢というが、多分前夜の言い争いのなごり。

以上昭和三五年の作だが、

諍えばまたちぐはぐな夜が続き妻は残業を重ねて帰る

というのは昭和三八年。

伊東の妻を詠む歌にはこの諍《いさか》いの歌が多い。伊東雋祐の相聞歌は諍いを通じてのひねくれた愛情表現と言っていいぐらいである。

妻との諍いのたびに伊東は妻と結び付いた自分の人生を意識し、見つめ直す。言い争い、無言で抵抗し、それを繰り返して成長し、相互の理解と愛情を深めてきたのだろうか。

そして——。

湯浅光子は、先程の文をこう締めくくる。

「いいえ、こんなことは、この広い世界でもざらにあることではございません。なんて素晴らしいことでしょう。」

素晴らしい二人三脚をくんで生きて来たのだ。

一九九二年二月

颪舞う広場

K子さんは知的障害をもつろうあ者。父母は数年前に離婚し、以来母親と二人暮らしである。K子さんの生活一切は母親がみて来たがやはり経済的に苦しい。父親の方もせめて月に五万円ていどを負担してほしいという家事調停を申し立てたが、一銭も支払わないと拒否された。

K子さんの弁護士である私は、いま家庭裁判所の審判を待っているところだが、どんな内容になるか、心配である。

いわゆる重複障害のろうあ者の生活は厳しい。就職も、軽い人でも一大事業、重い人だと不可能というのが現実だ。

耳と知能脚《あし》悪くとんとんと値切られて決められぬ汝《なれ》の日給五十円

昭和三五年に伊東隽祐はこう詠んだが、この状態はいまも変わっていない。

指遅ければこの職もおそらくは無理よしお君諦《あきら》めて帰ろうよ今日は

しげおが首だとはいまいまし並《なら》び帰りくる日暮れさいさいと風舞う広場

これも同じ昭和三五年の作。

指をゆっくりとしか動かせないよしお君。手先の仕事はやはり難しい。かといって指先のいらない仕事が簡単に見つかるわけでない。採用を頼んではみたが、結果は多分だめだろう。諦めて帰ろうよ今日は。今日はと言うが、明日も明後日もその次の日も、多分同じなのだ。

そして、苦労して就職できたと思ったら、何かと言われて首。会社に説明に行ったが受け付けてくれない。本人のしげお君といっしょに肩を落として日暮れの中を帰ってくる。風がさいさいと舞う広場は、荒涼と風が吹きすさぶ伊東の心象風景でもある。さいさいは漢字で騒騒と書く。

我が少年

もっとも、いつもそうだというわけではない。うまく就職できた卒業生の職場を訪問して、その元気に働いている姿を見るのは苦労がふっとぶ嬉しい瞬間である。

煮えし湯葉《ゆば》干《ほ》す傍《かたわ》らにかがみいてわが少年白崎孝司桶《おけ》洗うところ

わが少年住み込んでここにパン焼工なり得意だねてきぱきとパンを焼く

一首目の湯葉はご存知ない人がいるかもしれない。大豆から作る食品で京料理に欠かせないもの。その湯葉作りの店に就職した白崎君に会いに行ったら、干している湯葉のそばにかがんで懸命に桶おけを洗っていた。働く姿はだれでも美しいが重い障害を持つ少年が働いている姿は一層美しい。

二首目。卒業生が住み込み工としてパンを焼いている。いかにも得意そうに、テキパキと焼く。この働く姿もまたたとえようのないほど美しい。

単に少年でいいところをどちらもわが少年という。この「わが少年」というところに、重複障害の教え子に対する伊東の愛情と思い入れを見る。

胸を噛《か》む思い

ただ——。
わずか二年後の昭和三七年に、伊東はこう詠むことになる。

ああ胸を噛《か》む思い暴れまわり職退《や》めし孝司もの狂《ぐる》い病院に入りたるスミ子

孝司は桶を洗っていたその孝司君だろう。職場でいったいどんなことがあったのだろうか。暴れまわって仕事を退めてしまうのである。

精神病院に入院したスミ子は、

ただ一度抱いてやったれば精薄児スミちゃんがにやにやしてくれたしてくれたのスミちゃんである。そのスミちゃんは初めての生理を体験し、

初潮《しょちょう》ありけれぱそれよりスミちゃんを狂《くる》わしめぬけらけらと我に来て首を振る

という状態になり、そして精神病院に入院するまで病状が重くなってしまう。

孝司君やスミちゃんをそこまで追いやったのは誰なのか。障害者、特に重い障害者を切り捨てて顧みない政治と社会に対するやりばのない怒り、そうなるまでに何とかしてやれなかったのかという悔恨《かいこん》と自責《じせき》と、伊東はこれを胸を噛む思いと表現する。

精神障害や知的障害をもつろうあ者の相談を抱えて真剣に取り組んでいる手話通訳者やろうあ相談員なら、三十年前の伊東と同じように、この胸を噛む思いを何度も経験していることだろう。

共同作業所。労働生活施設。重複障害のろうあ者のための運動はようやく広がってゆこうとしている。しかし、それは、まだ萌芽《ほうが》の段階にある。重い障害のろうあ者が、安心しての

びのびと働け、生活できる場は限定され、必要とする数と比べて現実はあまりにも乏しい。

胸を噛む思い。

この言葉が、そして伊東の歌が、過去の苦労を懐かしむ響きを持つようになるのはいったい何時《いつ》のことだろうか。

一九九二年四月

忍従を越えるなき

ろうあ者の運動が人間としての権利を要求しての運動になってゆくのは、またその結果としてろうあ者福祉の具体的な施策ができてゆくのは、昭和四一年前後からである。昭和四一年はろうあ運動元年と言っていい。

たった二六、七年前までは、福祉制度と言えるのは、申し訳ていどの福祉年金とあとは国鉄運賃の身障者割引ぐらい。他には何もなかったし、その労働条件はきわめて劣悪だった。しかもろうあ者自身、それが不当だという意識は持っていなかった。「差別」や「権利」の手話が出来たのも昭和四一年前後以後のことなのである。

「社会保障」という手話も君は知らねばその世界単純にして暗く惨《みじ》め

あわれまれつつ忍従《にんじゅう》を越《こ》えるなき誰も誰ものその成育史

昭和三五年の作。

当時は社会保障という手話もなかったし、多くのろうあ者はそういう言葉も知らなかった。ろうあ者を対象とした制度が何もなかったのだから、そんな言葉を使うこともなかったのだ。

あわれみの対象とされることはあっても人間として対等にあつかわれることはない、それを「ろうあ者だから仕方がない」とただ諦める、大多数のろうあ者の人生がそうだった。「その世界単純にして惨め」だったのは、ろうあ者が差別に対する怒りも持てず、現実を変えてゆく展望も持てず、物心がついたときからただ忍従の世界に生き、それを越えることがなかったからなのである。

酔いさらばえて

これが短歌かと言う人がいるかもしれない。

昭和四年わが校の生徒募集 控《ひかえ》「第一唖《おし》ガモノヲ言フヤウ《うよ》ニナル」

たしかに生徒募集の文章を引用しただけで、伊東は自分の思いを一言も述べない。しかし、ここには、ろうあ者の誰も誰もに「忍従を越えるなき」成育史を見た伊東の、いうなれば万感が凝縮している。教育目標の第一は「モノヲ言フ」ようにすること。ものを言えない「唖」の人格は始めから否定されているのである。

当然のことだが学校は社会の中にある。社会がろうあ者の尊厳を認めようとしない時、ろう学校もまたそれを認めようとしない。

皇族来校記へレンケラー来校記のみ綴《つづ》られおりて貧しき校史

署長公舎被爆防《ひばくふせ》がんとまず毀《こぼ》たれしはわが聾学校寄宿舎なり

これは昭和四〇年の作だが、言わんとするところは共通する。

えらい人が見学に来たことを大きくとりあげるだけで、生徒不在の校史。戦争中、警察署長か消防署長か、とにかく署長というえらい人の公舎を守るためにまず最初に壊《こわ》されたろう学校の寄宿舎。

ろうあ者が、ただ忍従することをのみ覚えたとしても、むしろ当然と言うべきだろう。

聾唖の娘もつ父の身と嘆き言う酔いさらばえてまた嘆き言う

これも昭和三五年の作。

この父親もまたろうあ者の忍従の歴史に押しひしがれ、その娘の未来に何の展望も持てないでいる。そして伊東は、それが差別であることを知りながら、酔いさらばえる父親に共感している。どうしたら解決できるのかが分からないまま、父親に答えるすべを知らないのである。

酔いさらばえている父親は、当時の伊東雋祐自身でもあった。

ただ、これはもちろん、ろうあ者の一面であり、伊東の一面であって、そのすべてではない。

すさまじく怒る

手話乏《とぼ》しくて思想育たぬ君達とわが言うにすさまじく一人が怒る

これは昭和三六年。

昭和三〇年代までのろうあ者の歴史はたしかに忍従の歴史だったが、同時に怒り、抵抗するろうあ者も育ちつつあったのだ。

伊東は、手話だけでは言語として貧しすぎる。思想も育たない。と、これは本気でそう思っている。社会保障、差別、権利、そういった言葉さえ確立していなかったのだからなおさらだろう。

昭和三五年の、

言葉もたねば暗《くら》く惨《みじ》めの中に生きてろうあ者よその記述なき歴史

という歌からもわかる。
しかし、同時に、その考え方に対して「すさまじく怒る」ろうあ者に限りなく感動し、共鳴する。伊東雋祐のもっとも伊東雋祐らしいところである。

聾の子をもつありのままに生きなんと言い切る時にいたく美くし

昭和三六年。
酔いさらばえ、嘆き言う父親に自分の姿を重ねあわせたのも伊東だが、ありのままに生きんと言い切る姿に感動するのもまた伊東なのである。

一九九二年六月

振りがな

まず読者と伊東さんにお詫びしなければならない。

前回「聾唖の娘もつ父の身と嘆き言う酔いさらばえてまた嘆き言う」という歌を紹介したが、これは「聾唖の娘《こ》」だった。振りがなをうっかりしていた。

「聾唖の娘《こ》」は小学生位までの女の子のイメージ。父親の可愛く仕方がない気持ちと将来に対する漠たる不安とがだぶっているが、「聾唖の娘《むすめ》」ではもっと成長した娘で、父親の嘆きの内容もより具体的・現実的な感じがする。音《おん》も違えばイメージも違うのである。本欄の振りがなは私がつけているが、これは原歌に振りがながある。引用として不正確。弁解の余地がない。

たかが振りがなと言うなかれ。『手話通訳問題研究』四一号の拙文《せつぶん》『思いつくままに　5』の末尾《まつび》、大伴家持《やかもち》の「うらうらに照れる春日に雲雀《ひばり》あがり情《こころ》悲しも独《ひと》りし思へば」がシール貼り印刷になっている。「情《じょう》」となっていたのを発送寸前に見つけて、むりやり訂正シールを貼ってもらったのだ。

竹西寛子氏が、『週刊読売』六月二一日号に、校正をまかせたらまちがったルビを振られ「心臓に火花が散る」思いをしたと書いておられるが「情《じょう》悲も」を発見した時の私もそうだったのである。まさに「校正」おそるべし。

もっとも『手話通訳問題研究』編集部は大分迷惑したようで、世界ろう者会議研究分科会のまとめを『季刊みみ』でやった時、伊東雋祐委員長から「校正は任せます。シールで訂正なんてしないいからご安心を」と盛大にいやみを言われた（但《ただ》し、いやみで応じておくが、数日後「やっぱり気になるのでゲラは必ず見せてほしい」と電話があった）。

我は真実に

振りがなで私が忘れられないのは、高安国世《たかやすくによ》の名歌、

かきくらし雪ふりしきり降りしづみ我は真実を生きたかりけり

である。

何とも恥ずかしい話だが、私はこの「真実」に勝手に振りがなをつけて「まこと」と読んできた。自分でも理由不明だが前半の和語調に引きずられたのだろうか。

「そこは〔しんじつ〕と読んでもらわないと」と言ったのが伊東雋祐だった言われて愕然《がくぜん》としたが「真実《まこと》」ではこの歌の価値はなくなってしまう。静かな調子が続いて、突然「しんじつ」とごつりとした漢語にぶつかるからこそ、真実を生きることへの重さと厳しさが伝わって来るのだ。「真実《まこと》」では終始静かなままで、内心の迷いもそれを決然と突き放す真剣さも見えてこないのである。

娘《むすめ》か、娘《こ》か。真実《まこと》か、真実《しんじつ》か。歌は振りがなひとつで生きたり死んだりするのである。

高安国世の歌

話が横にそれたが、それついでに高安国世氏の歌を紹介する。

高安国世。京大教授。ドイツ文学者。リルケの研究と翻訳で知られているが、アララギ系の歌人としても著名。そして、それがここで紹介する理由だが、ろう画家高安醇《じゅん》氏の父である。

迫り来る時代のなかに聾児らの図画展覧会一つ今日は持ち得《え》つ

聾児の絵かくもきよらかに並びゐ《い》る地下の一室を去り難《がた》く居る

わが手引《ひ》き己《おの》が絵の前に連れて行く幼子《おさなご》はしずかなる表情をして

昭和二五年前後（朝鮮戦争勃発前後）のもの。緊迫《きんぱく》する政治・社会情勢を前に自分の生き方の選択を迫られる日々。その中で今日聾児の展覧会を開催できた。一首目。「今日は」に開催の喜びと、そして激動する社会への懸念と明日の苦悩の予感がある。

三首目の幼子が醇君だろう。しずかなる表情。多分、耳が聞こえないことと迫りくる時代の足音を知らないこととがだぶっている。

物言へ《え》ぬ子を教へ《え》片時も惜しむ妻に遅れし夕餉《ゆうげ》とらしめむとす

幾年ぶりか厨《くりや》に妻はうたひをり聾児らにリズム教《え》へ来し今日

夕餉《ゆうげ》は夕飯、厨《くりや》は台所。ろう学校に子と通うのは母親である。家でも片時も惜しんで口話を教え、台所で歌うような余裕はない。歌を思い出したのは、その日ろう児と一緒に歌ったからだ。

父親は「迫り来る」時代の中で子に集中できないでいる。聞こえない子のために懸命の母親にとって、何ともあてにならない、身勝手な夫であり、男親である。

子のために我を傍観者と呼ぶ妻にしばらく我は茫然《ぼうぜん》となる

家も子も構《かま》はず生きよと妻言《い》ひき怒りて言《い》ひき彼《か》の夜の闇に

あなたは傍観者。自分の人生を言うなら家も子も構わず一人で生きなさい、と怒った妻にきめつけられて、反発するのでなく「茫然となる」。真実を生きたかりけりと歌った国世の真摯《しんし》さである。

高安国世。昭和二九年に短歌誌『塔』を創刊・主宰。昭和五九年没。七一歳。伊東雋祐もその同人として国世の指導を受けた。伊東の短歌はもっぱら『塔』に発表された。（なお引用短歌の振りがなは例によって松本である）。

一九九二年八月

II

ああまた汝《なれ》の

石原茂樹手話通訳士協会長、渡辺修神戸学院大学法学部教授との共同編集で『聴覚障害者と刑事手続―公正な手話通訳と刑事弁護のために―』という本をだした。三年前から二カ月に一回ていど大阪で続けて来た研究会の最初のまとめである。

特定分野における専門的手話通訳のマニュアルという点でも、法学者・弁護士という複数の専門家とこれまた複数の手話通訳者による共同研究の成果という点でも、おそらく我が国最初のもの。刑事手続での手話通訳はもちろん、権利としての手話通訳とは何かを考える上で貴重である。あえて自画自賛で推薦させて頂く。

一月六日出所《しゅっしょ》一月八日窃盗五件ああまた汝《なれ》の我は通訳

窃盗理由家なく職なく聾唖なるを言いかくてまんまと我等を騙《だま》す

昭和三六年の作。

刑事手続での手話通訳はまさしく「権利のための闘争」である。そこでは「ふだん見すごされたり、聞き返しや説明し直しの中で自然に正されていったりする問題が、あとになっての訂正が許されない——しかも通訳上のミスがまかりまちがうと、ひとりのろうあ者を無実の罪におとしいれてしまう、というのっぴきならない形でつきつけられ」る（前書）。しかし、同時に、普通ではそこまでさらけ出されることのないぎりぎりの裸のろうあ者の姿に直接触れることにもなる。

一首目。実刑判決を受け服役をおわったのが一月六日。二日後の一月八日には五件の窃盗で逮捕されてしまう。前の時にも手話通訳として立ち会ったが、今度もまた自分が……。「ああ、またおまえか」とため息が出てくる。

しかし盗むからにはそれなりの理由があろう。行く所がなかったのかも知れない。正月というのに食べるに困ったのかもしれない。本人は「帰る家がない。仕事もない。お金がない。どうやって食べていったらいいかわからない。聾唖者だから……」と切々と訴えている。あらためて本人の弁解を通訳する。切々と通訳する。

ところがみんな嘘だった。帰る家はあった。当座の生活には困らなかった。両親が将来のことをいろいろ考えていた。

自分を守ろうと取り調べの警官に嘘をついただけで、手話通訳の伊東を騙したわけではないが、しかし、理屈がどうであれ、まんまと騙されたという思いが残る。

伊東がろうあ者に、そして手話通訳者であることに絶望したくなる瞬間である。

聾唖者の世界

頼まれて説諭《せつゆ》くどくど言いいるに「もうわかった先生あなたは聾唖者ではない」
昭和三六年。この歌の前に、
耳聞こえねば職場つらかりけん汝《なれ》よ家出《い》でて七日何処《いずこ》に居《お》りたる

という一首があるから、頼まれての説諭は「家出は止めよう。つらいけれど我慢して働こう」ということだったのかもしれない。

ともあれ家族か雇用者かに頼まれて、ろうあ者にお説教する。くどくどというからには、伊東自身それが相手の心に入り込まないことがわかっている。

そして——。

「おっしゃることはよくわかった。しかし、先生。あなたはろうあ者ではない。先生にはわたしの気持ちはわからない」

言われる方もつらいだろうが言う方はもっとつらい言葉である。

昭和三七年には、

我を詰《なじ》りていう早き手話「先生なんか胸むしるこの気持どうしてわかる」

弱き組織わが言いざまに立ちていう「我等には聾唖者の世界あり口をはさむな」

というのがある。

我を詰《なじ》りて……は、「もうわかった先生あなたは……」と同じような状況だろうか。もっとも真正面から詰られるのは「もうわかった」と心を閉ざされるよりはまだ気が楽かもしれない。

弱き組織……、これは個人的な「胸むしる気持ち」でなく組織的な問題である。聞こえる側からするとろうあ者の組織がじれったい。なぜもっと強く主張しないのか。なぜもっと強く闘わないのか。あまりにも弱すぎないか。

しかし、弱かろうが、強かろうが、ろうあ者の組織はろうあ者自身が決定する。たとえ正しい方向にであっても、健聴者が引き回そうとするのは根本的にまちがっているし、そんなことは続かない。

伊東は、自分をろうあ者に同化させながら、しかし自分が無条件にろうあ者から受け入れられているとは決して考えない。単にろうあ者の気持ちがわからないというだけでなく、まだ「聾啞者の世界」には入れないし、入ることを許されていないことを自覚していた。

当時は「聾啞者の世界」を蔑視《べっし》して知ろうともしないか、逆にろうあ者以上に知っていると錯覚しているか、いずれにせよ、ろうあ者自身に学ぼうとしない傲慢《ごうまん》さがろう学校を支配していた時代である（今も皆無とはいえまい）。

一九九二年十月

吹《ふ》かるる如《ごと》くに

誰だったか「パリジャン相手にケンカができたらフランス語は一人前だ」と言った仏文学者がいたが、フランス語と限らず字引にのっていない悪口雑言、隠語・俗語の類がペラペラになれば、その外国語はたしかに、一人前だろう。手話もまたしかりである。

以下すべて昭和三七年の作。

いくらかは君らの手話の隠語にも馴《な》れて十三年半《なか》ばは過ぎつ

手話を覚え、手話の隠語にもいくらかは馴れた。振り返ってみるとここまで来るのに十三年半。よくぞ続いたものだ、と。

『声なき対話』の巻頭第一首、

暮るるまで教えて出ずる靄《もや》の道今悔《く》ゆるなき心湧きつつ

が昭和二四年だから、まさしく十三年半だ。

特別学級受持ち過ぎし思えれば窓に十年の樹樹らのそよぎ

という歳月でもあった。十年の歳月にどっしりと根を張った樹樹らのそよぎを歌うところに伊東の自負を見る。

もっとも、

こまごまと盗《と》りためている賢一よいまいまし五年受け持ちていて知らざりし

と、すべて知っているつもりで実はだまされてきたいまいましい歳月でもあったかも知れないが。

十三年半《なか》ば。しかし、それはろうあ者のなかまになるに十分な時間だったろうか。

手話わかるかかわりかかく責《せ》められて我は吹かるる如く立ちおり

手話わかる関わりか、かく責められて、と読むのだろう。手話がわかる関わりでこのように責められている。意味としてはもうひとつ明瞭でないが、とにかく伊東がろうあ者から責められている。自分に対する思いがけない非難に伊東は茫然《ぼうぜん》として立ち尽くす。手話がわかる。なかまとして認めてくれてはいる。だから今責められている。しかし、本当のなかまとしてか、いや、敢えて言えば手話がわかるとばっちりで責められているのではないか。

我《われ》は常に主体にあらぬかかわりと今居つつ聾唖者の会に淋しき

つきつめてゆけばろうあ者からも弾き出され淋しき我がわが傍にいる

吹かるる如く立ちつくす伊東がここにもいる。

ろうあ者の集まりでは自分は常に健聴者だ。主体ではない、第三者として関わるにすぎない。ろうあ者の会に居て、ひとりそのことを思い、立ちつくす。

手話がわかるが故《ゆえ》に同僚の教師たちから弾《はじ》き出されてきたが、かと言ってろうあ者のなかまと認められたのでもない。つきつめていけば自分はろうあ者からも弾き出されているのだ。ろうあ者の中に健聴の自分がそう簡単に入り込めるか。一寸ぐらい手話ができても、それがどうしたと言うのだ。まして隠語がいくらかわかる程度の手話じゃあないか。

伊東はそれを「淋しき」と言う。ろうあ者の会に居てしかも主体として関われない自分を我は淋しきと言う。ろうあ者から弾き出されている自分を淋しき我と言う。

言いて対《むか》える

もっとも、ろうあ者から弾き出されたのは伊東の教師の部分だったかも知れない。「つきつめてゆけば」伊東は常に教師であり、教師としてろうあ者に向かおうとする。ろうあ者は、そこに、対等ではない、なかまではない、別の伊東を発見したのではないか。

何処《いずこ》へ行くとも聞こえぬことの消えざれば職退《や》めるなと言いて対《むか》える

どこにどう仕事を変えようと聞こえない事実、聞こえないことによる差別が消えることはない。だから、今の仕事を退めないで辛抱しよう。と、こう言って、ろうあ者と対《むか》う。半ばはそういう自分を自嘲し、半ばは本気でろうあ者を説得する。辛抱して、さてどうすると言うのか。退《や》めてしまえの一言を口に出すことは許されないのだろうか。

教育者という手話しきりに我《わ》が使い次第に君を追いつめており

意味を云々《うんぬん》するならこれもよくわからない歌ではある。「君」は教師なのか、ちがうのか。まちがいないのは伊東が教育者という言葉に特別な思いを持っていることだろう。その手話が相手をそして自分をも追いつめるほどに。

ろうあ者のなかまであり、手話通訳者であり、また教師であった伊東は、生徒に対する教育者の顔を大人のろうあ者の中に持ち込むことがあったのではないか。ろうあ者は上からの視線を敏感に感じとり、それを「弾き出した」のではなかろうか。

ろうあ者集団と手話通訳集団との対等平等、とごく軽やかに言われる。集団としてはともかく個と個の場では、対等という言には、しかし、ろうあ者の差別と忍従の歴史を背景にした途方もなく重い意味を持っている。吹かるる如く立つ若き伊東雋祐の淋しさを思いながら、あらためて「対等」という言葉の重さを考えてみたいものである。

一九九二年十二月

産《う》みしやは知らず

最近の年賀状には写真入りが多くなってきた。若いろうあ者からのものはこどもと一緒である。

しかし、ろうあ者の夫婦がごく普通にこどもを生むようになったのは、せいぜい二十年ほど前からだろう。昭和四十年代以後のことである。統計はないが、それまでのろうあ者夫婦の出産率はかなり低かったと思う。

優生手術受けけんと言いて来し君ら意外に明るき表情をして

ろうあ者の遺伝さまざまなる語《かた》り帰りしめたり産《う》みしやは知らず

みどり子に言葉教えんに手話なればテレビ買いたしと来て君ら言う

昭和三七年の作。

同じろうの子が生まれることを家族も本人も異常に恐れた時代であった。ろう夫婦に生まれた子がろうとわかると、同じろうあ者の仲間が、あたかも罪人を生んだかのように「あの人の子はね……」とひそひそと内緒話をした時代であった。

また、こどもが聞こえたら聞こえたで、ろうあ者夫婦だけでちゃんと育てられるかと、批判の眼で見られた時代であった。

三首目は説明がいるかもしれない。聞こえる子が生まれた、うまうま、ぶーぶー、と言葉を教えてやりたいが、手話でというわけにもゆかない、テレビを買って言葉に触れせてやろうと思うがどうだろうか、と。当時はテレビがまだぜいたく品だったのである。

酔いつつ昏《くら》き

三首ともわりと明るく歌われているが現実はもっと深刻、伊東の言葉でいうと昏《くら》かった。

私が弁護士になったのは昭和四一年だが、その後十年ぐらいの間、本人に無断で優生手術や中絶手術が行われた例に何度かぶつかっている。親同士の話し合いで決めてろうの娘をその母親が産婦人科に連れて行く。ウソをついて優生手術や中絶手術を受けさせるのである。目の前で自分の母が医者と何やら話し合っているが、聞こえないからわからない…。

親が悪い。親の子に対する差別だと言うのは簡単である。しかし親に騙《だま》されて知らない間に優生手術をされてしまうろうの女性もたまらないが、自分の娘を騙して、それも結婚式を目前にして、一生こどもを産めないようにしてもらう親の気持ちもまたたまらないのだ。親をそこまで追い込むような社会が厳としてあったのである。

たおたおと語りはじめし少女にてその手話杳《くら》き愛告ぐるなり

もやもやと耳底常に鳴れる言い酔いつつ昏《くら》き手話となりゆく

これも昭和三七年。出産や育児とは関係ないが、杳《くら》き愛、昏《くら》き手話は、ろうあ者をとりまく当時の社会の象徴である。

杳《くら》きは奥深く暗いという意味。昏《くら》きとちょっとニュアンスが違うが根底のイメージに変化はない。

この昏《くら》さは、言うまでもなく、あわれまれつつ忍従を越えるなき誰も誰ものその成育史と伊東自身が歌った忍従のなかにある。

それは、ろうあ者を差別し、疎外する社会が、ろうあ者に押しつけ、ろうあ者の心の中に滓《おり》のようによどみ、固まっていったものである。もっとも、当時の伊東は、直観的な理解にとどまり、その本質はまだ見抜き切れず、どこか、聞こえないことによる宿命的なものと見ている部分があるが。

ああ言葉かく渇《かわ》き

教師である伊東にとって、昏さはまず言葉にあった。自由に、自然に、言葉を自らのものとすることができない。結果として自らに必要な知識を自由に獲得できず、自らを自由に表現し、主張することに障害がある。それを昏《くら》さとしてとらえた。

苛立《いらだ》ちてまた叱りおりひたすらに声なき唇《くち》を聾児らは読む

わが聾の子らの昏《くら》きに育ちつつ言葉いかなる表情をもつ

ああ言葉かく渇《かわ》き聾の生徒らといよいよ知ればわが依《よ》りてゆく

いずれも昭和三八年。

発語、読話。ろう児らは一生懸命取り組むがすらすらとはゆかない。同じことを何度も繰り返す必要がある。伊東は苛立ち、こんなことがわからないのか、とついつい叱りつけてしまう。

その懸命の訓練を通じて、ろうの子らの中に育ちつつある言葉。昏さの中で育つそれは、しかし、ろうの子らの心と結びついて育っているだろうか。ろうの子らの感情と一体となって、豊かな表情をもったものとして、育っているだろうか。

言葉。ああ、言葉。耳さえ聞こえたらごく自然に、自由に、身につけることができるのに、ろうの生徒たちは、こんなに言葉に憧れ、言葉を求める。そんな生徒たちを知れば知るほど、自分は魅せられ、引きつけられ、生徒たちの中に入ってゆく、と。

今読むと、いささか感傷がすぎるようにも思える。それにもかかわらず胸をうつのは、ろう児を健聴児に近づけようとするためのものとして言葉を見るのでなく、ろう児の中に入って、ろう児の眼で言葉を見つめようとする伊東のその視点にある。

一九九三年二月

昏《くら》さなり差別なり

伊東は、ろうあ者の昏《くら》さを何か宿命的なもののように見たが、同時にそれが社会的な差別・偏見に由来することも、直観的にではあるがすでに理解していた。

言い終《お》えしかば再び言いぬ聾唖者の生活なり昏《くら》さなり差別なりこれは

昭和三八年作。

これはろうあ者の生活なのだ。昏《くら》さそのものであり、ろうあ者の受けている差別の実態なのだ。口で説明して理解してもらえるかどうかわからないが、それでも、ろうあ者の生活を、昏《くら》さを、差別を言う。言い終ってはまた言う。

なぜ、こうも言いつのるのか。言わなければわかってもらえないからだが、本当のところ理由はないだろう。理屈抜きの衝動、言うなれば永遠に冷静になることのない衝動なのである。

幾莫《いくばく》か手話覚え我に定《さだ》まれる仕事かかく聾唖者を人に訴《うった》う

もそうだろう。これも昭和三八年。

手話をいくらか覚えた。その自分に天が定めた仕事がこれなのだろうか。ろうあ者のことを人に訴える、このことが――。

伊東は「我に定まれる仕事」がこどもを教えることだとも手話通訳をすることだとも言わない。ろうあ者のことを人に訴える、それが自分の仕事だろうかと自問するのである。

手話に遊ぶまで

肘《ひじ》の内側を口許にあて、前に伸ばした腕と手のひらを上下に動かす。「雄弁」をうんと大げさにした感じの音声言語に翻訳不能な手話（?）である。「しゃべる」という手話は人指し指と中指を口許から前方に向けて交互に動かす。これを強調して五本の指を全部伸ばして動かす手話があるが、それに輪をかけたおしゃべりというのが腕を伸ばすやりかたで、元全日ろう連連盟長、大家善一郎先生の口癖（手癖？）だ。

手話には、そんな「言葉遊び」がいっぱいある。

手話に遊ぶまで手話覚えこし十数年今胸熱くなりて思える

昭和三八年作。

手話で言葉遊びをするまで手話を覚えてきた十数年。本当にいろいろあった。いま振り返ると胸が熱くなる。念のため蛇足を加えると、手話という言葉を覚えて来た十数年、ではない。手話を覚えて、ろうあ者のことを知り学んできた十数年、である。それが伊東の胸を熱くするのである。

手話と指話《しわ》身振りの区別又説《と》きて手話教えおり一日気負いて

手話講習会だろうか。手話とは何か、一生懸命教える。何が何でも判ってもらわなければ、と一日気負って教える。単に手話を覚えてもらおうというだけなら、何も気負うことはあるまい。

手話の背後にはろうあ者がある。手話と指話、身振りの区別を知ることはろうあ者を知る第一歩なのだ。だからこそ、一日気負うのである。

知らざれば

ろうあ者の生活を、昏《くら》さを、差別を言い、叫ぶ。ろうあ者の問題を人に語り、訴える。これは、昭和三七年の、

知らざればただろうあ者を拒《こば》む側啓《ひら》きゆかんとわが気負い来つ

啓《ひら》きゆかんの啓は啓蒙《けいもう》の啓。ろうあ者のことを知らないがゆえにろうあ者を拒《こば》む側となるも同じだろう。

理解さえすれば拒むことはなくなる。理解してもらおう、理解してもらわなければ、と自分は気負ってやって来た、と。

もっとも、私はひそかに別のイメージで読んでいる。「知らざれば」を「拒む側」にではなく「わが気負い来つ」にかけるのだ。

自分は無知だった。無知なるが故に、ろうあ者を拒む側も啓《ひら》いてゆける、とそう思いこんで気負ってきた。しかしそんな甘いものではなかった。今やっとそのことを知った。昏さを宿命的なものとして見た自分も、拒む側を啓きゆけると信じた自分も、如何《いか》に社会を知らなかったことだろうか、と。だから絶望と言ってするのではなく、これからはちがうという、いわば前向きの挫折感をこの歌に見たいのだ。

作者がきけばそれこそ苦笑するだろうし、「来つ」の解釈として無理があろう。しかし、こんなイメージを本来のそれにだぶらせて、私はこの歌を愛誦《あいしょう》している。

目的のある明るさと理屈抜きの衝動と、そして叫んでも何も変わらない挫折感とろうあ者自身の自覚と運動でこそ変わるのだという発見と――、言い・訴え・気負う姿に、これらのすべてをだぶらせたいのである。

伊東短歌の解釈としてはひいきの引き倒しと言うべきだろう。しかし、読み手の感情を移入した好き勝手な読み方もあっていいのではないか。

今、テレビや手話講習会で教えられる手話はいかにも明るい。それはそれでいい。しかし、ろうあ者の昏さは本当になくなったのだろうか。そうではない。ろうあ者の生活には、言い、説き、訴えなければならないことが今もいっぱいある。

三十年前、一人の手話通訳者を突き動かした「ろうあ者を人に訴う」衝動をあらためて学びなおすべき時ではないだろうか。

一九九三年四月

来て語り語れ

伊東雋祐の家は京都府立ろう学校の近く（つまりは御室仁和寺《おむろにんなじ》の近く）にある。昭和三八年に建った小さな家である。私が名前だけ京大大学院にいた頃にお邪魔したが、風呂を勧められ「さらゆ（新湯？）は肌をさすから先に入ってほしい」と言われたのを覚えている。「さらゆ」という言葉が珍しかったのと客に遠慮させまいとする気遣いに打たれたのとで、今もそれだけを覚えているのである。

茂り合う草さやさやに吹かれつつ今ゆわが土地となる丘の上

杭低く打たれわが土地となりたるに来ていつまでも風に吹かれている

一首目の「今ゆ」は「今から」の意味。生まれて初めて自分の土地を持った。嬉しくて嬉しくていつまでも風に吹かれている。マイホームを持つ喜びの歌としては平凡だが、この後がいかにも伊東らしい。

わが家となりしかば来て語り語れ君達よもう手話はばからず

今日から文字通りの我が家だ。今までは気を遣ったが、もう遠慮はいらない。ろうあ者の友よ。来て、誰はばかることなく手話で語りあえ。私も語ろう。

今まで狭かったからだけでもアパートで気をつかったからだけでもない。手話で語るのに人目を気にしたろうあ者もいたのだろう。しかし今は我が家。もう気にすることはないのだ、と。伊東の喜びが家一杯に広がっているような歌である。

はるばると集い来し

伊東が家を建てたこの年、京都で第十三回全国ろうあ者大会が開かれた。伊東もろうあ者たちと一緒に大会のためにかけずり回る。

助成金のからくりに我等まきこまれ手話昂《たかぶ》りていく中にいつ

ろうあ者の福祉さまざまに謳《うた》いあげ知事代理市長代理の祝辞が続く

助成金の……。ろうあ者大会への助成金のことか。具体的な内容はわからないが、建前と本音を使い分け、本音を通すためにはさまざまなからくりが必要な行政の現実は、今でも時々経験するところだろう。会議は昂り、手話が昂り、伊東が昂る。

大会来賓に知事、市長とあるが出席するのは代理。「府といたしましては……」「市のろうあ者福祉行政につきましては……」と言葉だけその充実をうたいあげた挨拶が続く。実際を知り、体験している者にとっては何と虚しいことか。

もっとも、行政の関係で考えると虚しいだけだが、全国から集まったろうあ者と時を忘れて手話で語り合うのは本当に楽しい。

はるばると集《つど》い来し君ら三千人今一斉《いっせい》にわが手話を見る

ただ手話をしに来しのみにかく待ちて喜びくるる君らがありき

大会での手話通訳だろう。集まって来た三千人のろうあ者が目を輝かせて伊東の手話に見入る。通訳する伊東の心も三千人の視線を受けて緊張と喜びにふるえる。手話通訳をやってきてよかったと胸が一杯になる瞬間である。

二首目は夜のパーティーのことだろうか。ろうあ者の集いに参加する。ただ手話でおしゃべりをするためにだけ来たのに、集まっているろうあ者は大喜びで歓迎してくれた。ろうあ者のパーティーに自分から参加するような健聴者が珍しかった時代だから喜ぶのは当然なのだ。しかし、伊東は喜んでくれることに感動する。

やあ、久しぶりですね。お元気ですか。手話でそんな挨拶をしながらコップを片手にろうあ者の輪の中に入ってゆく。

伊東のとろけそうな笑顔が目に見えるような歌である。

鋭き手話

ろうあ者と一緒に行動し、ろうあ者と一緒に昂《たかぶ》り、ろうあ者と一緒に喜ぶ伊東は、ろうあ者から本気で問いかけられ、ろうあ者に対して本気で腹をたてる伊東でもあった。だからこそ、ろうあ者は伊東をなかまと認めたのである。

昇進なき聾者にて何を恃《たの》まんと少年鋭き手話をなげかく

幼きより馴《な》れて人頼る君達とののしるにみな手話をやめてふりむく

恃《たの》むはたよるという意味。いくら働いても、係長、課長と昇進するわけではない。何にたより何に期待しようか、とろうの少年が鋭く問う。念のために言うが「鋭き手話」は比喩だけではない。手話そのものがまさに鋭利な刃物で相手を切りつけるように鋭く表現されたのである。

幼きより……。ののしるという最大限に強調された言葉に伊東の真剣さとろうあ者に対する限りない友情が表現されていることを見落としてはいけない。ろうあ者を自分から離れたものと見たり、あるいはろうあ者を上から見下したりする健聴者は、ろうあ者に対して本気で腹をたてたりはしないし、真剣に怒ったりはしないものだ。

以上九首、すべて昭和三八年の作である。

一九九三年六月

祝う手話

結婚したばかりのろうあ者夫婦が遊びに来た。新婚旅行のアルバムを見せてあれこれ説明してくれるのだが、いつのまにか若い二人だけの話になり、気がついてあわてて私の方に向き直る。しかし、またいつのまにか二人だけの話になってしまい、もう一度ばつの悪そうな顔で私への説明に戻る。少し古いが「二人のために世界がある」といった雰囲気でなんとも微笑ましい。無視されている私の方も楽しくなってくる。

聾の母娘《ははこ》手話おろおろとかわす前我は結納を並べはじめぬ

母も娘も耳が聞こえない。生まれて始めての経験で、どんな挨拶をしたらいいかもわからない。嬉しいというより緊張してしまっておろおろしている。仲人の伊東が「まあ、そんなに固くなりなさんな」と言うように、その前でゆっくりと結納を並べ始める。手話おろおろと交わす前、と事実をそのまま詠《よ》んだだけのようだが、母娘の緊張と伊東のいたわりが見事に表現されている。

昭和三九年作である。以下すべて同じ。

結納の品品並べ祝う手話に汝《なれ》よこぼるるばかりの表情をしき

長かりし恋愛今し結ばるると手話するに君ら生き生きとして

おろおろするのをわざと無視して結納の品を並べているうちに、母娘も少し落ちついてきた。おもむろに向き直ってお祝いの言葉を手話で述べる。仲人の決まり文句を手話にしただけだろうが決まり文句こそふさわしい時もあるのだ。

形式ばった挨拶をこれも生まれて初めて受けて、緊張しながらも嬉しさに表情がゆるむ。こぼれんばかりというのは、しかし、伊東の内心の表情かもしれない。

二首目は、その後の光景か。君らというのは母娘のことだろう。

別の日で「君ら」は婚約者同士のことかもしれないが、まあ、それはどうでもいい。結婚がまとまって嬉しさ一杯の二人、母娘同士でも、本人同士でも、とにかくろうあ者同士、その喜びの中に吸い込まれる思いを共有できればいいのである。

われは酔いにき

家族らと汝《なれ》とに手話をとりもちて一日《ひとひ》をわれのしみじみと居き

母娘の家でなく、相手の家だろう。婚約がまとまったお祝いの場で、ろうあ者本人と家族の語らいを通訳して一日居た。

本人と家族の語らいに手話通訳が必要なのは残念だが、この際ややこしいことは考えまい。ろうあ者本人の喜びを家族に伝え、家族の喜びをろうあ者へと伝える。本人と家族の喜びがひとつになる。その中に自分が居た。

この手話通訳者にしかわからない深い喜びが「しみじみと居き」という末句である。

手話と口話使い君らを慶《よろこ》びて今日ほとほとにわれは酔いきに

わざわざ「手話と口話使い」というのはどういう意味なのだろうか。口を動かしながら手話をする今の若い人達のやり方で、ということなのか。

この歌の少し前に、

手話出来ぬ汝《なれ》と口話の出来ぬ汝《なれ》会わせ縁談をわが進めおり

というのがある。この縁談がまとまったのかもしれない。一人とは手話で語り、もう一人とは口話で語ったのか。手を見ても口を見てもどっちでもわかるように、手話と口話の両方で通訳した、ということなのか。

とにかく、慶びのなかで今日一日本当に気持ちよく酔っぱらってしまった。

手話通訳だけでは、ここまで酔えない。仲人として慶びを共有しながら、手話や口話で二人と自由に語り合い、家族との会話も通訳して喜びを分かち合う。それでこそ快く疲れ、酔ったのである。

祝婚歌

伊東の祝婚歌は、ろうあ者と手話を歌って、独特の境地を作りだしている。二人を寿《ことほ》ぐというより、ろうあ者と喜びを共有し、共有できることへの自らの喜びを歌ったというべきかもしれない。

ろうあなる故《ゆえ》の幸福という感じにていそいそと君ら訪《と》い来ぬ

結婚式の打合せをするために若い二人が仲人の家にやってきたところだろうが、ろうあなる故の幸福、というのが難しい。要は幸福そうだと言うだけで深く考える必要はないのかもしれない。しかしそれでは、ろうあ者の中の昏《くら》さを見つめ続けた伊東の歌として単純にすぎよう。

手話は手だけで語る言葉ではない。手と顔で、いや全身で語る言葉である。ろうあ者はごく自然に全身で喜びを表現する。それは相手にだけでなく第三者が見てもわかる。いそいそやって来た二人が手話で語り合っている。伊東はそこに健聴者ではとても表現できない底抜けに明るい雰囲気を見たのではないか。

「ろうあなる故の幸福という感じにて」という何気ない言葉には手話についてのそんな思いが入り込んでいるように思う。

伊東の祝婚歌は、ろうあ者讃歌であり、手話讃歌であり、手話通訳讃歌なのである。

一九九三年八月

もつれつつ何か言う

大家善一郎先生が肺炎で急逝《きゅうせい》された。元全日ろう連連盟長、元大阪ろうあ協会長。私がろうあ運動に参加して以来四十年もの間、ろうあ者と手話の心を身をもって教わり続けた人だった。

親しい人の思いがけない死は人をしていろいろと考えさせる。伊東雋祐も、四〇歳前に兄の死を見ている。

以下、昭和三九年の作。

切り取りしわが兄の腑《ふ》を展《ひろ》げたり受皿にふやふやとした物体

ガンだったのだろうか。兄が手術した。手術盆に兄の体から切り取った臓腑《ぞうふ》が乗っている。

ふやふやとした物体、とただ客観的描写に終始しただけのようで、しかしそこにはもはや治る見込みのない兄に対する無限の感情がこもっている。

もつれつつ何か言うなりわが兄にわれら互《かた》みに耳寄せており

兄が何か言う。もつれるように何か言う。何を言おうとするのか兄弟家族がベッドを囲んで互いに耳を寄せる。

心に悲しみを沈めてのぴんとはりつめた雰囲気。

ふと大家先生の姿がだぶってくる。大家先生もまた死の床で手話をもつれさせながら何か言ったのだろうか。そして家族が互いに顔を寄せ合ってその手話を読み取ろうとしたのだろうか。

病篤《あつ》き兄の辺《へ》に兄の夢みつつ居りし一夜か明け始めたり

兄の病が重い。付添いで横にいてうとうととする。眠りは浅く兄の夢を見る。窓の外はいつしか白み始めていた。

第四句が少々固いが、伊東の心の重さがそのまま伝わってくる。


死んでしまえばただ習わしにわれら依《よ》り棺《ひつぎ》の兄を一夜守りぬ

それぞれの追憶も利害深うして死にたる兄を我等言い合う

意思でというよりただ慣習で家族が集まり通夜をする。伊東はそのへんを醒めた目で見る。しかし醒めた目でみながら言葉に尽くせぬ思いがこもっている。棺の兄を一夜守りぬ、というのは伊東の慟哭《どうこく》なのである。

そしてめいめいが兄の思い出を語る。同じ人の思い出を語りながらもそれぞれの思いが違う。それを利害深うして、というあたりもやはり醒めているようで、しかしやはり尽きせぬ思いがこめられているのだ。

伊東の数少ない挽歌である。

通事伊東雋祐ヲシテ

内容が全く違うが、客観描写に終始して、しかも読むたびに心を揺さぶられるものに、

「前科五犯山口博瘖唖《いんあ》ナレバ通事伊東雋祐ヲシテ自供セシム」

がある。

刑事事件の手話通訳をした経験があればご存知だろうが、何のことはない、供述調書の用語をそのまま借りてきたような、ただそれだけのような歌である。

瘖唖は刑法四〇条の用語、聾唖の意味。自供は自白。被疑者山口博。前科五犯。聾唖者。手話通訳伊東雋祐を通じて自白、と。

歌集『声なき対話』では、この歌は手錠と題する連作の一つとして収められ、その前後には、

窃盗《せっとう》の動機幾度もいい変えて手錠のままの少年の手話

囮《おとり》となりて出でゆく若き警官の一瞬苦き表情をしき

この一人捕うるための穢《きたな》き手知る時はや我も官憲の側

という歌がおかれている。

一首目。窃盗で逮捕されたろうあの少年。犯罪を自白したが、動機を供述し、追求されては内容を変える。少しでも罪を軽くしたいのだろう。手錠のままの手話で、幾度も言い変える。伊東はそれを通訳する。

二首目。恐喝《きょうかつ》か何かだろう。ろうあ者がろうあ者を呼び出した現場に囮になって若い警官が出てゆく。さすがにうしろめたいのだろうか。一瞬、苦い表情をした。

三首目。囮を出して現行犯でろうあ者を逮捕する。手話通訳として伊東も警官と同行する。何とも汚いやりかた。それを知って自分も同行する。自分もまた、汚れた官憲の側にある。

これら三首のさまざまな思いが一つに凝縮したのが、最初の「前科五犯山口博瘖唖ナレバ通事伊東雋祐ヲシテ自供セシム」なのだ。

ろうあ者が逮捕された。呼ばれて手話通訳をした。

もちろんろうあ者のために行ったのだ。ろうあ者が言うべきことを言うには手話通訳は不可欠のもの、ろうあ者の権利を守るために必要なことである。

しかし、同時に、それは取り調べる側のためでもなる。真実の自白か、虚偽の自白か、確認する方法がないまま手話通訳する。手話通訳の自分がいたからこそ、この自白調書は出来上がったのだ。

ろうあ者の側のつもりで、実は官憲の側になっているのではないか。

解決のない矛盾と、誰に対するというのではない、やり場のない怒りと悲しみ、そして自嘲が凝縮したような一首。一つの事実、一つの行動が常に正と否とに分けられるわけではない。双方が一つになった複雑な場もある。要はその矛盾を正視し続けるか、慣れてしまうか、の違いである。

一九九三年十月

手話を知る者

伊東雋祐に対して、私は二五年来の負い目を持っている。

昭和四二年八月、伊東は最初の著書『ろう教育—君ら音を奪われて—』を出したが、その出版祝賀会の祝辞で、私は、しかし「音を奪われてというサブタイトルはおかしい。奪われているのは権利である。断じて音ではない」と責めたのである。この本の書評（「日本聴力障害新聞」昭和四二年九月号）で、私は「奪われているものが音なのであれば、ろう者の問題は医学の問題以外の何物でもない。はたして、ろう者が奪われているのは音だろうか、それとも人間らしい生き方だろうか」と伊東の姿勢の弱さを指摘したが、これを書く前に、祝賀会の席で口にしてしまったのだ。

書評ならともかく、出版祝賀会で著書を批判するのは、結婚式のスピーチで新郎新婦を非難するのに似ている。如何《いか》に心ない言葉であったか、若気のしからしむるところとは言え、今も忘れられないでいることである。

なまなかの常識常に強《し》いながら今ろうあ者のわれは助言者

手話を知る者最も君らに責めらるるこのことわりも泌《し》みて思えり

昭和三九年作。以下、特に断らない限り同年作である。

いつも中途半端な常識を説き、それを強いている自分、その自分がろうあ者の助言者。自嘲であり自責であろう。

手話を知っている。ろうあ者の仲間の中にいる。だからこそ、逆に責められる。外にいる者は始めから部外者として責められることはない。この理《ことわり》もあらためて身にしみて感じる。

昭和三七年の、

手話わかるかかわりかかく責められて我は吹かるる如く立ちおり

と似ているが、これは「かかわりか――」という自問、「手話を知る者……」は、ことわり＝当然の理とする。伊東の意識にそれだけの変化と成長があったのだ。

少年直《なお》く

出版祝賀会の時、私は、一種の激情にかられて「奪われているのは音ではない」と花束に囲まれた伊東に迫った。相手が伊東だったからこそ、まさに手話を知る者だったからこそ、責めたのである。なまなか（中途半端）のと認めながら、何故それを強いるのか、ろうあ者が責めるべき相手は手話を知る者なのか、本当に責められなければならない相手は誰なのか、という問いに何故行きつかないのか。

若い伊東に対するやはり若い私のいらだちがそこにあった。

聾唖なれば苦しければ入信せしと言い少年直《なお》く信心はじむ

少年が宗教を信心し始めた。ろうあ者だから、苦しいから。と。直《なお》く（素直に、単純に）

と言うところに伊東の苦悩が重なっている。別に宗教を否定しているわけではない。ただ、聾唖なれば苦しければ、と言う少年に対して、伊東は答えることができない。ろうあ者の未来に展望を持てなかったのである。

昭和三三年の作品に、

聞こえるようになるかも知れぬ信心と君ら忽《たちま》ち支部こしらえぬ

があるが、これは、ろうあ者の単純素朴な行動を歌って、いっそ明るいと言えるかも知れない。

弱さと勁《つよ》さと

ただ、最近、負い目とは別の意味で「音を奪われて」という言葉が気になっている。奪われているのは音ではなく権利。それは正しい。そこに伊東雋祐の弱さと限界を見る。これも正しい。

しかし、たとえ人間としての権利が全面的に保障されたとしても、音から遮断《しゃだん》されているという事実は厳然と残るのではないか。

伊東は、無意識のうちに、それを言いたかったのではないか。

君ら音を奪われて――、これは伊東の弱さを集中的に表現していると同時に、伊東の勁《つよ》さ、自分では体験不能な、音のない世界を共有しようとする決然たる強さをも示しているのではあるまいか。

手話に手話のあそびあることもいつか知り交《まじ》わりて来《き》ぬわが十五年
手話いつかわがものとして過ぎおればわがめぐりかく君達の現実がめぐる

手話には手話の言葉遊びがある。そのこともいつか知って、ろうあ者と交わってきた十五年。ろうあ者と交わる中で手話の遊びを知り、手話の遊びを知る中で一層深くろうあ者と交わって来た、と。

いつのまにか手話を我が物としてきて日時が過ぎた。そこに自分の人生がめぐり、ろうあ者の現実がめぐり、めぐって行く。

伊東は、手話を通じて、ろうあ者に自分を重ね合わせ、感情を共有しようとする。なまなかの教師や通訳者にできることではない。まさしく勁さである。

ただ、それは、ともすればろうあ者への共感と詠嘆《えいたん》に埋没《まいぼつ》してしまう弱さともなる。差別と疎外の現実をどう変革するのか、そのために自分は何をするのか、という視点がぼやけてくるのである。

伊東は、ろうあ者の中にのめり込んできた。そう。のめり込むという表現がぴったりである。そこに、伊東短歌の魅力、弱さと勁さの同居した魅力がある。

一九九三年十二月

現象はただ裁《さば》かれて

久しぶりにろうあ者の刑事事件の弁護を担当した。詐欺未遂《さぎみすい》。検察記録を調べると、同じような前科が六回ある。初犯は執行猶予が普通だが、このろうあ者の場合、六回全部がずっと実刑。刑期の合計は十年近くになる。

弁護士といろいろ話したのは始めてなのだそうだ。今までは手話通訳がいないまま起訴事実について筆談で簡単にやりとりして終わり。六回も裁判を受けたのに、本当に何も知らない。弁護士が何もしていないのだ。同じ弁護士として怒りと恥ずかしさに耐えきれない思いがする。

放火せし現象はただ裁かれて昏《くら》し語彙《ごい》なき唖《おし》老人

唖《おし》を嗤《わら》われしかば咄嗟《とっさ》の犯行と弁護士は二分あまり弁護しぬ

庶民の犯罪にはさまざまな背景と事情がある。裁判所も結果だけを見て裁くわけではない。しかし、自己主張を知らないろうあ者がろうあ者を知ろうとしない弁護士に頼るしかない時は……。ただ表面的な犯罪現象だけが裁かれ、そこに至る事情は一切無視される。

放火の罪で起訴されたろうあの老人。語彙《ごい》なき、とは手話も通じないということだろうか。いや、具体的な体験の説明はできても動機や心理状況を説明する語彙《ごい》を持たないということだろう。いずれにせよ、主張することを知らず、主張する術《すべ》を持たないまま、ただ現象だけが裁かれてゆく。

伊東は、ここでも「昏《くら》し」と歌うが、もはや詠嘆《えいたん》ではない。これは、二首目ではっきりしてくる。

唖《おし》をわらわれたのが犯行の理由だと、二分ほど弁論して着席する弁護人。歌われているのは、ただそれだけのことだが、弁護士に対する、そしてそれを許容するしかない裁判の仕組みに対する疑問と告発が背後にある。一首目の「昏し」は、本人を守るための制度さえも正しく機能しないという社会的現実を見すえた言葉なのだ。

そして、この疑問と告発は、

筋なく綾《あや》なき身振り冷たく訳しつつ今この老《お》いを我があばきいる

と、手話通訳者である自分自身にも向けられる。

老いたろうあ者。ただでも語彙《ごい》が乏《とぼ》しいのに、老化は論理的な会話の力を奪ってしまう。質問には答えず、ただ無関係な昔の体験を脈絡なく繰り返すだけ……。何を言いたいのか。自由に語り合える場なら理解する方法もあろうが、法廷での手話通訳者には自《おの》ずから限界がある。発せられる手話をそのまま声に変えてゆくしかない。それを伊東は、冷たく訳しつつ、と言う。老いをあばく、と言う。自らへの、自らをそうさせるものへの、疑問と怒りなのだ。

ろうあ拒む機構

昏いという伊東の言葉が、ただの詠嘆にとどまらず社会的な意味を含んできたことは、

聾唖者をあしらう古き思想継《つ》ぎ法あり法にゆき当たる

ろうあ者拒《こば》む機構にはなお気付かねば愚かに我も人憎みいし

という歌で一層明らかになる。

古い思想があり、それを受け継いだ法がある。もがき、あがいても結局はその途方もなく厚い壁にゆきあたる。法と言うが、制度・慣行を含む広い意味での社会的機構のことだろう。ろうあ者を拒み、排除するのはこの巨大な社会機構なのだ。

これまでは差別を個人の意識の問題と考えてきた。だから差別する個人をひたすら憎んできた。だから差別の仕組みを知らないまま、愚かにもそうしてきた、と。

今日でも、たとえば医事・薬事関係法はろうあ者を排除する。医師や歯科医師。薬剤師、看護婦・保健婦、検査技師、放射線技師、視能訓練士……。厚生省関係の国家試験はろうあ者を頭から差別し閉め出している。(※)

聞こえないことを唯一の理由に初任給から差別する有名会社もある。つい先日も、午後から勝手に早退したというだけで、その日の夕方にファクスの解雇通知を送りつけられたろうあ者がいた。この会社の経営者は「不具者」を雇ってやっているのだから、会社第一に考えてもらわないと困る、と平然と述べていた。

古き思想も、それを受け継ぐものも、過去の問題ではないのだ。

教え昂《たか》ぶる

ろうあ者を拒む機構。この発見を、伊東はろうあ者に告げる。教室で生徒たちに教えようとする。

法はかくろうあ者に差別つけおれば教え昂《たか》ぶる君らの前に

なまなまと我咬《か》む如《ごと》き生徒らに説《と》きおりかかる差別の事例

法は、社会は、こんなに君たちを差別しているのだ、と生徒たちに説《と》きながら、誰よりも本人自身が興奮に身を震わせる。

生徒たちは、自分たちの問題を語り、自分たちへの差別に怒る伊東を、食い入るように、噛みつくように見つめる。

以上、昭和三九年の作。

まだ少ないとはいえ、この時代とは比較できないほど手話通訳者や相談員が増えた。しかし、ろうあ者差別を「教え昂《たか》ぶる」伊東の心情は、三十年後の今もなお新鮮であり、学ばなければならないことであろう。

一九九四年二月

※平成一三年六月にこれらの法律はすべて改正された。平成一〇年九月に全日ろう連を中心に「聴覚障害者を差別する法令の改正をめざす中央対策本部」が結成され、大運動が展開された成果でもある。

ありありと職拒《こば》み

ろうあ者を中心とする関係者の建設運動が実って、大阪府熊取町に「なかまの里」が開所する。重度重複聴覚障害者の授産施設である。視覚障害や肢体障害、知的障害など二重・三重の障害があったり、家庭の事情で教育の機会を奪われ、音声言語も手話もコミュニケーション手段を全く持たないろうあ者が、ここで共同生活を始める。みんながみんな、就職先もなく、行く所もなく、家庭でも孤立した生活を送ってきた人たちだ。

就職をわが勧《すす》むるにほろほろと秋本和夫涙をこぼす

ありありと職拒《こば》み我が手話を拒《こば》み今わが前に苦しむ少女

ろうあ者で知的障害を持つ秋本和夫君。伊東学級の生徒である。教師の奔走《ほんそう》で就職先がなんとか見つかったのだろうか。しかし、秋本君は就職を拒む。とにかく働いてみようと勧めても、ただ、ほろほろと涙をこぼすだけで動こうとしない。

知的障害を持つろうあ者にとって、学校や家から離れて社会の中に行くということは、当時はもちろん今でも、軽侮《けいぶ》と差別の世界に飛び込むことなのだ。秋本君はそれを知っている。だからと言って他に行く所もない。このまま学校に残るわけにもいかない。ただほろほろと涙をこぼす以外に自分を表現することができない。

ほろほろとは、就職を勧めてはみても、それ以上何も言えずに立ち尽くす伊東の心でもある。

二首目の少女の拒否は秋本君のそれよりもずっと強い。これから卒業しようとする生徒ではなく、いったん就職して挫折した体験を持っているのだろうか。

職を拒み、伊東の言葉を拒む。話の内容を、ではなく、語りかけそのものを拒否し、ただ苦しむ。

ありありと……というのは、自ら体験した事実の裏付けがあってからこその強い意思表示だろう。

心すり減らしすり減らし

これは重複障害のろうあ者の場合だが、一般のろうあ者にとっても職場の現状は厳しい。

聞こえねば心すり減らしすり減らし働く少年と知り帰るなる

機械の如《ごと》く働かせるのみなるを言いて激しき少年の手話

聾啞なれば役なきための賃金差言いいしがしおしおと帰りゆきたり

今は職場の条件ももっと良くなってはいる。しかし働くことに心をすり減らしいるろうあ者の姿は過去のものになったか。いや、聞こえても、心すり減らしすり減らしして働く人が少なくない。聞こえなかったらなおさらのことだ。

機械の如く働かせるだけ、という企業もなくなったわけでない。

伊東は教え子がどうしているかが気になって会社を訪問したのだろう。親か会社かに頼まれて行ったのかも知れない。しかし、心をすり減らして働いている少年の姿に、そして人間性を無視する労働の現実を激しく訴える少年の手話に、励ましの言葉も慰《なぐさ》めの言葉も見つけられず、無言のまま帰って来る。ただ帰って来るしかなかった。

障害者であることだけで昇進できず、聞こえる同僚たちとの賃金差が開いてゆく。これは今も全く変わらない。しかし、それを激しく言いつのられても、伊東には答える術《すべ》がない。言う方も答を期待して言っているわけではない。言うだけ言ってしまって、ふと現実に戻る。あとは伊東が少年たちの所から無言で帰ってきたように、ろうあ者もまた伊東の所からしおしおと帰るしかない。伊東も、また、それを黙って見送る。これは今でも同じだろう。要は、聞き手の心がどこにあるか、やっとグチから開放されたと感じるか、しおしお帰る少年の姿をいつまでも凝視《ぎょうし》するか、ということだ。

貧しき未来

こんな現実を前にして、伊東も生徒たちも、未来に対する確信を持てない。確信を持てる方がおかしいのだ。

生徒たちの将来を正視しようとせず、教壇の上からだけの眼でろう教育を云々《うんぬん》し、口話だ、日本語だ、と言うろう学校教師たちや大学教授に、伊東の詠嘆の内容が、たとえば次の歌の本当の意味が理解できるだろうか。


聞こえねば未来さまざまに阻《はば》まれている事例君達の前にまた説《と》く

待てる貧しき未来言い合いてたどたどしき生徒らの手話わが見つつおり

未来を阻むさまざまな事例を生徒たちに説く。説き昂《たかぶ》る。

また説く、というのは生徒たちに何度も語ってきたという意味だけではないだろう。何度も語らざるを得ない伊東の心情を言うだけでもあるまい。阻まれている事例をまた新しく知った。知ったつもりだったが、それだけではなかった。次々に、さまざまに、未来を阻む事例を知る。伊東はそのたびに生徒たちに説いて来たのだ。

しかし、自らは説き昂《たかぶ》る伊東も、生徒たち自身が、その未来について言い合い、語り合う時は、ただそれを見つめるだけで言うべき言葉を失ってしまう。
生徒たちを真に励まし、勇気づける言葉を持たないことに改めて気づくのである。
以上すべて昭和三九年作。

一九九四年四月

一人机に坐る

五月晴《さつきばれ》の中、「なかまの里」の開所式が約千人の参加の下で行われた。大阪の重複聴覚障害者入所施設である。四〇人の入所者も、この日が何の日か分かっている人もいれば、全く理解できない人もいるだろうが、周りの明るさにつられてか、皆笑顔である。

職員の半数は学校を出たばかりで手話もたどたどしい。しかし、その分若い。権威主義や閉鎖主義とは無縁の、ろうあ者と関係者に開放された新しい施設で一生懸命頑張っている。

入所してきた人達の障害はさまざまに重い。一人では入浴も排便も出来ない人も何人かいる。

ここに来るまでの人生は、それぞれに昏《くら》かったのだろう。

それは、伊東の歌に、

職ついに無くまた戻りこし芳子離れて一人机に坐る

とあるような現実であり、

何のため学ぶ我等と吐き捨つる少年まじまじとわが目をとらう

というような思いでもある。

ろう学校を出たが就職先が見つからない。ろうあ者を雇ってくれる会社がそうあるわけではない。行く所もないまま、また学校に戻ってきた。一人離れて机に坐る芳子さんの姿は、重複障害のろうあ者の人生そのものだった。

そんな姿を見ていれば、何のために学校で勉強するのだと、それこそ吐き捨てるように言いたくもなろう。教師は教師で、まじまじと目を見つめてくる生徒に答の返しようがない。

浜木綿《はまゆう》の花高く咲く

この社会的な壁の厚さだけを見ればその昏さは、それこそ無限に続きそうに見える。

しかし、ささやかなものかもしれないが、共に考え、共に歩もうとする理解者が増えてゆく中で、その昏さは一歩一歩未来に向かう明るさにつながる。

かたわれとなりたる牝山羊曳《めすやぎひ》きながら清二が今朝も坂上りゆく

兎飼い小鳥飼い山羊を飼い馴《な》らし少年ら今我を寄せしめず

何もできないように見えた知的障害のろう生徒が、兎を飼い、小鳥を飼い、山羊を飼うことを覚えた。初めは何もわからずにただ教師を真似ただけだったろうが、今は全部自分でできる。自分の仕事だ。教師に手伝ってもらうことはない。少しずつ少しずつ自分たちの居場所を作り、広げてゆく。

今、なかまの里では、職員に教えてもらいながら、タオルを袋に詰め、ボルトを組み立て、ケーキを焼き、畑作業をしている。そのうち、これは自分たちの仕事だ、職員があれこれ手を出すのは邪魔だ、ということになるだろう。

十二年わが育て来《こ》し学級園浜木綿《はまゆう》の花今朝高く咲く

この成長は、離れて傍観している限り永久に実感できまい。ろうあ者のなかで一緒に泣き、笑うことを体験してこそ、昏さと明るさの両面を知ることができるのである。

十二年間、伊東が育ててきた学級園。それは重複障害生徒の学級を守って来た伊東の歩みであり、伊東が伊東自身を育てて来た歩みでもあろう。高く咲く浜木綿の花は、伊東の自負なのである。

そして、当時の伊東には想像もつかなかったことだろうが、二十年たち、三十年たつ中で、いこいの村、なかまの里という大きな園が育ち、広がって来た。

浜木綿の花は今こそ高く咲こうとする。

家は家を差別して

なかまの里の運動のなかでびっくりしたのは、聞こえないというだけで、学校にも行けず、文字も手話も、何も知らずに育ち、一人での外出も認められないまま何十年かの人生を小さな部屋の中に閉じ込められて過ごしたろうあ者が居たことである。

不具なれば家傷つくる弟と遠ざけられて君ここに住む

ろうあ者は家の恥、と小さな納屋《なや》でもあてがわれていたのだろうか。しかし、とにかく、それは三十年前の昔のことだったはずだが、実際は全く無くなったわけではなかったのである。

みな寄りて揚句《あげく》に君らいれぬ家ああ家はなお家を差別して

家異なれば二人許さぬとまくしたてて母はよろよろとたち帰りゆく

これは結婚問題だろう。

親戚が寄り集まって相談し、二人の結婚を認めるわけにはゆかないと結論づける。家はろうあ者を差別し、そして別の家を差別する。これも三十年前のことだけではあるまい。家の違いを言い立て、まくしたてる母が「よろよろと」帰るのは、二人を許さぬ結論に自信を持てないからだろうか。

いや、結論には自信を持っている。そうさせているのが「家」なのだ。ただ、許さないとして、では、聞こえない我が子の未来にどんな展望があるのか。母親は、そこに自信が持てないでいる。

差別しながら、その差別に不当な自信を持ちながら、しかし、自分が決めた我が子の未来にやはり自信が持てない。

差別しているようで、母もまた差別される側なのだ。

一九九四年六月

Ⅲ

少年たちのボックス

最近、ろうあ者の権利を守るろう教育を目指して、ろうあ者・通訳者と父母・教師の共同取り組みの輪が広がってゆこうとしているが、その芽生えは四半世紀前にさかのぼる。三・三声明と言われるものもそのひとつである。

昭和四〇年七月、伊東雋祐の勤める京都府立ろう学校で、高等部生徒と教師との対立が生じた。生徒たちは、差別の表れとし、以後半年間、学校側を追及してゆくことになる。これは、ろうあ協会・同窓会と学校・府教委との話し合いに発展し、最終的には学校側も差別を認める。

昭和四一年三月三日、京都府ろうあ協会と京都府立ろう学校同窓会は、一連の取り組みの集約として、「ろう教育の民主化をすすめるために」と題する声明を発表する。三・三声明である。

健聴者に可愛がられる障害者であることを拒否し、健聴者と対等な権利主体としての障害者を目指す若いろうあ者の、教育問題に対する最初の目覚めであり、組織的行動だった。

教師われを立ち入れしめぬ表情が並ぶボックスに入りてゆきたり

わが知らぬここは君らの日日の場所汗泌《し》みし少年達のボックス

昭和四〇年作。

教師との対立で緊迫する学校ボックス。クラブのボックスだろうか、生徒会のボックスだろうか。

生徒たちは、ここで、聞こえる教師たちの差別意識を弾劾《だんがい》し、障害者の権利を熱っぽく語り合ったのだろう。

生徒たちが教師の知らない表情をする場所。折も折。

教師たちは冷たい視線にさらされる。教室の中では気がつかなかったが、ボックスで見る生徒たちの表情は、教師を拒否して冷たく厳しい。

生徒たちの側に立って、生徒たちの中に入ろうとしながら、同じ教師であるがゆえに、伊東もまた冷たい視線で迎えられる。しかし、伊東は、それでも入ってゆこうとする。この時、ボックスは、ろうあ者集団の象徴となる。

ひらきなおり鋭く我を突いてくる少年はらはらと涙こぼして

何のため学ぶ我等と吐き捨つる少年まじまじとわが目をとらう

これも昭和四〇年作。

少年が、ひらきなおり、泣きながら伊東を突いてくるのは、どうしてなのか。「何のために学ぶのか」と吐き捨てるように言い、伊東を見つめる生徒は、どんな体験をしたのか。背景は何も語られていないが、忍従を強いられてきた少年の、それを怒りに昇華させて教師に向かおうとする姿が、鮮明に浮かび上がってくる。

差別まず教師より無くせ

発端《ほったん》はプール掃除についての教師と生徒との些細《ささい》な食い違いだった。しかし、教師側が、権威をふりかざして自分を正当化しようとし続けたことが、生徒たちの怒りに火をつけた。

生徒たちは、ビラを配り、学校行事である写生会への参加を拒否して生徒集会を開く。学校側はこの生徒たちの「反乱」を権威で抑えつけようとする。生徒たちから名指しで批判された二名の教師は、経過説明文を印刷して同僚たちに配付する。学校側の権威主義的な対応と教師の一方的な経過説明文は、生徒たちの怒りを一層燃え上がらせる。というふうに事態は拡大してゆく。

教師は、生徒たちの要求を理解しようとする者と生徒たちの要求を認めない者とに分れる。二〇人の教師がいっせいに教員組合から脱退する。生徒たちの行動が未熟で、個人攻撃的な面が強かったせいもあろうか、自分の姿勢を批判された教師たちは、受け止め方をめぐって真っ二つに分裂してしまうのである。

ろうあ者差別教師よりまず無くせよと詰めよりてくる生徒また生徒

教師の怠惰突く時君ら生き生きと鋭し会統《す》べて動きはじめぬ

手話知らぬ教師宥《ゆる》さぬ生徒らの表情いくつ並ぶ教室

昭和四一年作。

ろうあ者差別をまず教師から無くせ、と詰め寄ってくる生徒。次々に詰め寄ってくる生徒、生徒。

教師のいいかげんさ、怠惰さを批判する時、生徒たちは、思いがけなくも生き生きとして鋭い。生徒会を組織して行動を始めた。

手話を知らない教師、自分たちと直接語り合うことができない教師、そんな教師は許さない、と。厳しい生徒の顔が教室に並んでいる。

ろうあ者の昏《くら》さと忍従を歌いつづけた伊東は、自分をも対象とする生徒たちの怒りの行動に驚き、感動する。

社会にはろうあ者に対する差別が厳然とある。それは伊東が生徒たちに教え昂《たかぶ》って来たことでもあった。

生徒たちは、今、差別に対して怒りの声をあげた。ろうあ者のためにあるはずのろう学校に差別がある。何故なんだ、と。

それは、生徒たちの将来に無関心なまま、授業がなければお茶を飲み、将棋を指しパチンコ屋に通う教師に対する、あるいは生徒たちが手話で語り合うのを毎日見ながら、手話ぬきでは生徒たちと語り合えないことを知りながら、しかも手話を学ぼうともしない教師に対する、感情的な怒りの爆発でもあった。

一九九四年八月

聞こえねば人らは疎《うと》む

手話は長いあいだ劣った言語とされ、抑圧されたり無視されたりすることが多く、ろう者は言語的少数派である。ろう者は、障害者集団としてよりも、言語的少数派と自らを位置づけて、ろう者の言語を守り、発展させるだろう……。

一九九三年八月、ストックホルムで開かれた「ろう教育におけるバイリンガリズム国際会議」でのイェカー・アンダーソン世界ろう連盟長の報告である。

いささか一面的ではあるが、しかし一面の正しい指摘である。

昭和四〇年から四一年にかけて京都府立ろう学校の生徒たちも、同じように言語的少数派としての権利の問題を突きつけたのだろうか。

聞こえねば人らは疎《うと》む君ら知る者ら激しくろうあ者疎《うと》む

手話知らぬは生徒に突かれ手話うまき我は同僚に弾《はじ》かれており

昭和四一年作。以下も同じ。

ろうあ者を知るはずの者が実はもっともろうあ者のことを知ろうとしない者。ろう学校が、実はもっとも激しくろうあ者を差別し、疎外する。

それは生徒たちが手話で語り合っていることを毎日見ながら、手話に関心を持とうともしないことに典型される。

かくて、手話を知らない教師は生徒に弾劾《だんがい》され、手話ができる教師は同僚たちから爪弾《つまはじ》きにされる。つまるところ、行き場のないろう学校教師たち。

分裂し、離れていった同僚への絶望のゆえか、伊東は極めて過激に、またペシミスティックに、現実を切り取ろうとする。

権力にかえりゆく

これらを古い昔のことと誰が言い切れるか。「聞こえねば人らは疎む君ら知る者ら激しくろうあ者疎む」「手話知らぬは生徒に突かれ手話うまき我は同僚に弾かれており」。表面に出さないだけで、今も多くのろう学校が似たような状態にあるのではなかろうか。

事なべて権力にかえりゆく歴史今まざまざと我等に来おり

いち早く生徒圧《おさ》えよという声か権力はただ校長のものならずして

同盟休校《ストライキ》など生徒はやってはならぬことただそれだけをまくしたてゆく

教師我等かくばらばらに言う声かあるいは人間によらず権威による

少数者から、それも弱い集団から権利の主張がなされた時、多数派はしばしば力によって抑圧しようとする。民衆の歴史でもしかり、ろう学校の歴史でもしかり。伊東は、この歴史を身をもって体験する。そして自らもまた権力の側にまきこまれかねない危機を敏感に感じ取る。

教師は労働者である。校長は権力の窓口かもしれないが、少なくとも一般教師は権力と対峙《たいじ》するところにある……。その建前の論が音を立てて崩れてゆこうとする。

生徒たちが抗議の行動に立ち上がった時、いちはやく生徒を圧《おさ》えよと声をあげたのは、管理職ではなく現場の教師だった。生徒に対するとき、教師は一の権力者となる。権力は決して校長だけのものではなかった。伊東は、同じ教師として胸に突き上げてくる苦いものを噛みしめるのである。

生徒たちがなぜ行動に立ち上がったか、教師たちは、その原因を真剣に追究しようとしない。生徒たちの中に入りこみ、生徒たちと正面からぶつかりあおうとしない。生徒たちをとりまく社会の現実を直視し、そこから学ぼうとしない。「ストライキなど生徒のすることではない」とただまくしたててゆくだけの教師たち。

もちろん、そんな教師だけではなかろうが、問題を真剣に見つめようとする教師は、自ずから生徒たちの主張に共感し、少数派となってしまう。真剣に見つめようとする教師と権威のみにたよる教師と、ばらばらになってしまった教師集団。それは、生徒に対するには教師という権力に、教師に対するには校長という権力に、集約されてしまう結果ともなる。

行く末の敵見定めて

しかし、教師が生徒の敵なのではないし、まして踏み絵のようにして、手話ができない教師、手話ができる教師と分けてしまってはならない。

手話を知らない、知っているの一事で、敵か味方か、差別する側か否かを区別することはできない。伊東がこのことを言うのは、やっと一年後、昭和四二年の作においてである。

手話を知る者さきがけて聾唖者を売る実例も挙げて昂《たかぶ》る

行く末の敵見定めて手話教えねばならぬ論理も確かめ合いつ

手話を知るものが、いの一番にろうあ者を裏切った例もある。手話がすべてではない。手話を教えるというが、ろうあ者の本当の敵を見定めて教えなければ……。

伊東が昂《たかぶ》るのは、しかし、手話を踏み絵にしてはならないということにではなく、手話を知る者がさきがけてろうあ者を売ったその実例にだろう。

敵を見定めて多数派を変革させてゆく論理を確かめあいながら、伊東は、やはり、ろうあ者の怒りと悲しみに自分を同化させてしまう方を選んでしまうのである。

一九九四年十月

寄りて怒りに高めよと

三・三声明事件でよくわからないのは、他の教師たちの反応である。多数の教師が組合分会を脱会したが、具体的に何が理由で生徒たちの行動について評価がどうちがったのだろうか。一般教師側からの記録が残されていない。
ただ、生徒たちの闘いを眼のあたりにした伊東が高揚したのは、その歌から理解できる。

差別受けていると怒らねばならぬこと説《と》きおりろうあ者の会にまた来て

ひしひしと寄せつつ差別生む者らありと醒《さ》めゆくわが生徒らか

昭和四二年作。以下も同じ。

生徒たちは差別に気づき、立ち上がったが、それが後輩に受け継がれ、また先輩のろうあ者全体のものになってゆくには、さらに長い歳月を必要とした。

伊東雋祐は、差別を生む者に気づき現実に目覚めてゆく生徒たちに触発されて、ろうあ者の集会に来ては怒ることを説く。

それはたとえば昭和三四年に、

少女居りて手話美しく語るなり幾度も「諦《あきら》め」という語使いて

と歌ったような、「諦め」の手話を美しいと見るしかなかった自分に対する抵抗でもあった。ろうあ者の会に「また来て」の四字に心の高揚を見るのだが、怒りを説くのは、ろうあ者に対してだけでなく、自らに説き聞かせることでもあったのだ。

選別の機構鮮やかに組まれいる現実あり現実は何と教えん

苦しみは寄りて怒りに高めよと言いて君らの授業を終える

しかし、感情的な高揚は怒りを説かせるが、現実は怒りによって変革できるほど甘くはない。ろうあ者の力をもってしてはどうしようもない巨大な社会機構がその根底にある。

では、それをどう教えるのか。伊東は、ここでつまずき、逡巡《しゅんじゅん》する。巨大なこの社会的現実をろうあ者の力で変えられるとでも言うのだろうか、と。

「苦しみは寄りて怒りに高めよと言いて君らの授業を終える」の方も、高らかに歌いあげたようでどこかに感傷がただよう。

寄りて怒りに高めるのは、自分とは別の「君ら」なのだという歯切れの悪さと、怒りに高めた結果がどうなるか、自分にはその責任を持てないのだという迷いが、どこかにあるような気がする。

会社に抱き込まれ

伊東雋祐の歌は、ろうあ者への同情の歌である。恵まれない者への同情などといった安易な意味ではなく、ろうあ者と情《こころ》を同じくする、感情同化といった意味だ。

それは、ろうあ者差別に対する理屈抜きの憤《いきどお》りの歌になると同時に、社会の強大な壁をろうあ者がはたして打ち破ることができるのだろうか、という逡巡と苦悩の歌ともなる。

そして、また、その逡巡には伊東雋祐本人の逡巡が入り交じってくる。成果であれ被害であれ、闘った結果について自分で責任をとることはできないのだという、だから現実の前ではろうあ者に妥協を勧めるしかないのだという、第三者的立場からする迷いが微妙に入り交じってくるのである。

昭和四二年に「残業」と題した四首がある。これは冒頭に、

いつしかも巧みに会社に抱きこまれ我も残業をただ強《し》いる側

を置く。

ろうあ者に対して怒らなければならぬことを説き、苦しみを寄りて怒りに高めよと言いながら、日常の具体的な問題に直面したとたん、いつの間にか現実との妥協を優先し、相手の論理を強制する側に回ってしまっている自分。自嘲と言えば自嘲。現実との板挟みによる苦悩と言えば苦悩。

昭和三九年の、

若き君にただ忍従を強《し》いている側には我と君の家あり

もそうだろう。いや、こっちの方は「不具なれば家傷つくる弟と遠ざけられて君ここに住む」「みな寄りて揚句《あげく》に君らいれぬ家ああ家はなお家を差別して」と続く中の一首で、苦悩はより深い。

ところが、この「残業」四首は、

手話をさえ知らぬろうあ者となるなかれかく言い切りて言葉を結ぶ

で終わるのである。

口話教育は、ろう児が言葉を身につけるにはどういう方法がいいのか、という課題の追求から出発した。出発点に間違いはない。しかし、いつのまにか「聞こえる人に近づく」ことが目標のようになり、結果として、健聴者と口で会話できることを最大の誇りとし、手話でしか話せない同胞を蔑視するろうあ者を生み出すことにつながった。

健聴者の作りだした社会機構を不動のものとして、何とかその末端にでもぶら下がって行きたいという必死の迎合である。

伊東は、口話教育自体は肯定するのだが、その迎合の精神を唾棄《だき》する。手話も知らないようなろうあ者には断じてなるな。まさに高揚の心である。

現実に合わせることを強いる自嘲と苦悩から始めて、ろうあ者のアイデンティティを高らかに宣言することに終わるこの「残業」四首の配列は、伊東の心の揺れを象徴しているように思うのだが、どうだろうか。

一九九四年十二月

離れて一人

不況が続いている。女子学生の就職難が報道されているが、障害者の就職はもっと厳しい。知的障害など他の障害をあわせ持つろうあ者の就職は一層大変である。

職ついに無くまた戻り来し芳子離れて一人机に坐る

昭和四〇年作。特にことわらない限り以下同じ。

卒業を迎えて懸命に求職活動をしたが、ついに仕事が見つからなかった芳子さん。何もせずに家に居るわけにもいかない。ろう学校の専攻科は、高等部を出てもっと勉強したいという生徒のためにあると同時に、就職できず行くところのない卒業生のための受け皿でもある。芳子さんもまた、形は専攻科進学だが、実際は行く所がないままろう学校に戻ってきたのだろう。

クラスを作るほどの数がなく、後輩の生徒たちと同じ教室に机を並べることになり、一人だけ離れてぽつんと坐る。

ものいわず不便だからとはや一人首きられすごすごとして来りたり

これは昭和三二年の作だが、何年たっても知的障害のあるろうあ者の現実は変わらない。この当時から四十年近くたった今も、ほとんど変わらないのである。

山羊を曳《ひ》きながら

もっとも、その生徒たちの成長を目のあたりにする喜びは年々大きくなってゆく。だからこそ、卒業生を受け入れない社会に対する怒りと悲しみが一層強くなるのではあるが。

かたわれとなりたる山羊《やぎ》を曳《ひ》きながら清一が今朝も坂上がりゆく

兎飼い小鳥飼い山羊を飼い馴らし少年ら今我を寄せしめず

兎を飼い、小鳥を飼い、山羊を飼うのも、教師が一緒にいちいち教えなければならなかった時期があった。いや教えるというより教師が一人で動き回り、生徒たちはただ見ているだけだった。

その生徒たちが、毎日世話をして今は自分の分身のようになった山羊を曳いて坂を上ってゆく。教師の指導の手をはねのけ、教師を寄せつけようとしない。

それだけ成長したのだ。嬉しいことだが淋しいことでもある。

十二年わが育て来し学級園浜木綿《はまゆう》の花今朝高く咲く

前に紹介したが、学級園に今朝、浜木綿の花が高く咲いた。それはまた伊東学級のことでもあろう。十二年やってきた知的障害クラス。浜木綿のように、今、生徒たちが高く咲き誇る。教師になってよかったと伊東が思う瞬間である。

持ち寄りしサボテン幾種並べたり生徒らとわが仕上げし温室

冬を越す花らを圍《かこ》う今日の作業終えて安らぐわが生徒らと

これは昭和四二年の作。時期が前後するが浜木綿の歌の前にこそ置くべきものだろう。

ろうあ者に来る差別

こうして喜びも悲しみも生徒たちと共にする一方で、三・三声明事件の評価をめぐって組合から脱退した同僚たちとの対立は続く。

恣《ほしいまま》に言いつつじわじわ来る声か組織なき彼らある時強くして

組織崩す触手の如き攻撃を受けつつ我にかえるときめき

伊東たち組合員のことをか、生徒の「反乱」のことをか、組合から離れて誰に遠慮することもなく、好き勝手を言いつつ、じわじわと攻撃してくる彼ら教師たち。いずれはもういちど組合に迎えて組織を守らねばならない立場の伊東たちの側は、逆に自由な反撃ができない。組織なき彼らはある時はそのゆえに強くなる。恣に言いつつと、じわじわと、矛盾するような二つの表現が重なって効果をあげている。

二首目。恣に、そしてじわじわとくらげの触手のような攻撃を受けて、伊東の胸はときめく。不安で、というのではあるまい。攻撃を受け、たたかわねばならないという緊張感が、不安の入り交じった不思議な喜びにつながるのだろうか。あるいは、それは、生徒たちへの隠然《いんぜん》たる差別を知りながら同僚に対して正面から抗議できなかった今までのいらだちと、今度ばかりは否応なしに自分の立場を明確にできることへのよろこびとを対比させたのかも知れない。

ろうあ者に来る差別聾唖者がもつ差別今ずきずきとわがうちにくる

ろうあ者に来る差別。聾唖者が持つ差別。当然、ある具体的な差別を言っているのだが、歌では具体的には触れない。何のことかわからないのだが、しかし、ろうあ者が受けている差別、ろうあ者が持っている差別、それが本当にずきずきと伝わってくるから不思議である。今ずきずきとわがうちにくる、とそれだけではいささか大仰《おおぎょう》な表現が、差別の言葉に、ある具体性をもたらしているように思う。

一九九五年四月

先祖守れぬと

ろうあ者のAさんからの相談を続けている。数年前に父親が死亡したが、他の兄弟が遺産の土地を独占して自分の分がないというのだ。何回も話をしてだんだん事情がのみこめてきたが、形式的には遺産分割協議書がきちんと出来上がっている。現金預金類はAさんに、土地建物は全部他の兄弟に、という内容である。

Aさん本人は、難しいことはわからないから言われるまま署名し実印を押した、しかしもらった現金預金と兄弟の土地建物とでは値打ちがひとけた以上ちがう、だまされたのだ、と言う。

Aさんの母・兄弟側は「だましたなんてとんでもない。親戚が集まってちゃんと説明した。書類にもした」と主張する。値打ちがちがうと言われても、土地を売ったらの話で、売らないかぎりお金にはならない。管理が大変で、聞こえないAさんではとても無理だとも言う。

ろうあ者は家継ぎて先祖守れぬと家族ら君の土地騙《だま》し取る

ろうあ者守る法あれば法によるべきに法かくまでに君らを拒《こば》む

昭和四一年の作。

三十年前から似たようなことがあるわけだ。

特に地方では、土地を守る、家を守るという意識が極めて強い。そして、ろうあ者では無理という考え方も強い。相続が問題になると、土地は聞こえる相続人にというのがむしろ常識化していると言っていいぐらいである。

書類はきちんとある。きちんと本人の署名があり、実印が押されている。要は「意味がわからないまま署名押印した」という本人の主張を法律的にどう評価するか、ということになる。しかし、法律がろうあ者に味方するとは限らない。むしろ逆の場合が多いと言ってもいい。

一応説明があった。自分で署名押印した。印鑑証明もつけた。登記手続してからもう数年たつ。法はまずこれら表面の事実を優先させる。そこにろうあ者問題、コミュニケーション問題を結び付けてゆくのは難事業である。

何よりもまず、自分が頼んだ弁護士に如何にしてわかってもらうか、というのが大事業になるのだから。

法かくまでに君らを拒む、と伊東は歌うが、法律家が問題を理解しきれないまま拒んでいる場合も多い。たいていのろうあ者が、自分の要求を「法」によって拒否され、諦めた経験を持っている。


生き生きと手話ひしめける会場にまた一つ暗き事例を拾う

昭和四二年の作。

ろうあ者の集まり。久しぶりに解放されてみんな思いっきり手話で語り合う。生き生きとした手話が会場にあふれる。

ただ、生き生きとした手話だからといってその内容がすべて明るい話とは限らない。愚痴《ぐち》もある。悩みも訴えている。結構暗い話もあるのだ。

つらい体験を語りながら、ただそれを今日だけは手話で自由にしゃべることができる、聞いてもらうことができる。そこに話の内容とは矛盾した生き生きした喜びがある、ということだろうか。

君に職なき

いずれにせよ、伊東は、こうした事例にはっとし、記録し続ける。訴え続ける。もちろん、そこには、いろいろな見方があり、批判があろう。しかし、伊東は、記録し、訴えることをやめない。

昭和四〇年の作に、

事例いくつわが書きためて訴うるもいやいや聾唖者を売りものにするためならず

というのがあるが、これは伊東が書きため、訴え続ける、そんな事例のなかのひとつ。

耳しいておれば幾度も拒まれて君に職なき数年ありき

聾唖なれば産むなと共稼ぎして欲しとまず先方の親が切り出す

昭和四二年作。

ろうあ者なるがゆえに、何度も就職を拒否された。

君に職なき数年ありき、はただの感慨でなく、履歴書の具体的な記載を言っているのではないか。

何とか仕事を見つけたい。伊東は今日もろうあ者と一緒に履歴書を持って会社を訪ね歩く。その履歴書の職歴欄には数年の空白がある。やはりいっしょに訪ね歩き、断られつづけたあの苦しかった数年が、履歴書ではただの空白でしかない。

君に職なき数年ありき。わずか一四音の言葉にすぎないが、履歴書の大写しにろうあ者の姿が重なり、さらに重い足どりの伊東の姿がオーバーラップしてくるように思う。

二首目の方は、見合いか、恋愛か、とにかく結婚話で双方の親が会ったときのこと。男性側の親から、開口一番、まず子どもは産まないこと、結婚後も共稼ぎすることという注文が出てくる。おめでたいはずの席は一転、深刻な場になる。

そういえば、昭和四十年代から五十年代前半まで、妻の不妊手術をめぐる離婚相談が時々あった。結婚前に、夫には内緒で、いやそれどころか当の本人にも内緒というか、ウソをついて妻に不妊手術を受けさせていたケースである。親同士の話し合いでのこの「産むな」の一言から始まったのだ。

一九九五年六月

手話に閉《と》じゆく

伊東雋祐歌集『声なき対話』は昭和四三年一月に発行された。従って収録歌は昭和四二年までの分で終わる。ただ、伊東は、細々とではあるが、短歌誌『塔』などを通じてその後も作品を発表している。以下に紹介するのは、昭和四二年作までは『声なき対話』収録のもの、それ以後は別に発表された分である。

椅子《いす》寄せてまた遅くまで語りいる聾唖の子らよ手話を使いて

立ちどまり立ちどまり手話かわし合うわが一団に照る冬の月

君ら気弱く手話に閉じゆくを思いつつ佇《た》ちおり灰色の空見ゆる窓

いずれも昭和四二年。

一首目、二首目、ともに手話讃歌と言えば手話讃歌だが、背景は決して明るくない。今でこそ「カッコイイ」と女子高校生から言われる手話だが、当時は公教育から全面的に否定され、排除された言葉だった。

ろうあ者にとっては、唯一、自己を開放できる言葉であり、その意味では途方もなく明るいのだが、しかし、社会的に否定され差別された言葉という点ではなんとも暗い。

放課後も教室に残って遅くまでだべっている生徒たち。どこでも見られる光景だが、手話が禁止されていたろう学校となると意味が変わってくる。生徒たちは放課後に始めて自由に手話で語り合えるのだ。会話すら自由にできないことへの悲しみと怒り、そして束《つか》の間の自由な時間を持てたことへの限りない喜び。

これは二首目も同様だろう。手話を見つめつづけたら前が見えない。肝心な話になると否応なしに立ち止まる。立ち止まり、立ち止まりして、歩きながらの会話を続ける。一時の解放とそれを解放とせざるを得ない背後の日常。

もっぱら暗い背景の方を見つめたのが三首目の歌だろう。

手話に閉じゆく、いささか舌足らずだが、手話の世界に閉じこもるということか。いや、そうではない。自ら閉じこもろうとする気弱な姿勢、その原因は自己の意思にかかわりなく閉じ込められることにある。閉じ込もると閉じ込められるの両方がだぶったイメージを「閉じゆく」と表現したのではなかろうか。

なお、佇ちおりの佇は「たたずむ」という意味だが、ここは「たちおり」と読むのだろう。佇立《ちょうりつ》である。窓辺にひとり佇《たたず》む。見上げると灰色の空、これはろうあ者と伊東の心のイメージ。いささか感傷的ではあるが、ろうあ者や手話が当時の社会でどんな立場にあったかを象徴する。

手話知らぬ妻子ら

ろうあ者と健聴者との結婚が増えてきている。手話サークルの活動で知り合ってというのが多い。

声なき対話の時代にも、ろうあ者と健聴者の結婚がなかったわけではないが、見合い――、というより親同士が決めた結婚で、夫がろうあ者、妻が健聴者。妻は手話を知らないまま、というケースが多かった。

老いてただわびしきことと手話知らぬ子らのこともまた言いて嘆かう

手話知らぬ妻子らに何を恃《たの》まんと言いつつ脆《もろ》し聾唖者君の

前者が昭和四二年、後者は四三年の作。

嘆き、グチるのと、言葉だけは昂然《こうぜん》とするのと、表面的にはちがうが、ろうあ者の気持ちは同じ。

聞こえる妻子を持ったが、手話を覚えようともしない。家庭のなかで自由な会話ができず、ろうあ者の自分が妻や子からさえも理解されていないということ。

「君ら気弱く手話に閉じゆく」は家庭でも同じだったのだ。ろうあ者は、家族に積極的に働きかけ変えてゆくだけの自信を持てず、家族たちは無意識のうちにろうあ者が自信を持てなくなるようにしてきた。何を恃まんと昂然と言い切ったとしても、そこには自信と気迫の裏付けはない。脆いのである。

もの言えぬ少女にてただ堪《た》うることそれのみ我も母も強《し》いにき

最近、若い女性から手紙をもらった。ずっと一般の学校に通って大学も出たが、基礎学力の不足を痛感している。考えてみると授業がわからず教科書を読むだけの学校生活だった。自分にとっての学校教育とはいったい何だったのだろう。今からでも、たとえば夜間中学校にでも手話通訳つきで学べないものだろうか、という内容である。

インテグレーションと称して、ろう学校は幼稚部だけ、後は一般学校に、というのが一時流行した。今もやはり父母の教育目標のようになっているのではないか。しかし、学校の授業がわかるのか、自由な会話ができるのか、というとせいぜいそのために努力している学校も一部にはある、というのが今も変わらない現実だろう。

授業を理解したい、皆が笑うときは自分も笑いたい、という切実な願いに対しては、かつて伊東がそうしたように、今でもただ堪えうることのみを教師も親も強いるほかはないのである。ろうあ者は閉じ込められ、だからこそ閉じこもってしまう。

伊東の歌が、三十年後の今なお新鮮なのを歌の力のせいにだけはできないし、感動してばかりもおれない。

一九九五年十月

聾唖なる父我ゆえか

少年事件を担当した。高校中退の後、シンナーで補導されたが、結局抜けきれず、金欲しさに恐喝にまで発展して逮捕されたケースである。家庭裁判所での審判まで少年鑑別所に入ることになる。

両親は見ていて気の毒なほど落ち込んでいて「子供の気持ちがわからない。一生懸命やって来たつもりなのだが」と涙ながらにくり返す。少年の方は「お父さんやお母さんには、僕の気持ちはわかりっこない」と、さめているというか、冷静に言う。

親の哀しみも深いが、少年の冷静な語り口の背後にも、実は深い哀しみがあるように思う。何が、子の心をここまで親から離してしまったのだろうか。

聾唖なる父我《われ》ゆえかかく背《そむ》き嫁《とつ》ぎゆく娘と言いて嘆きぬ

聾唖なる母なれば母の生い立ちを知らぬ少女と今日は対《むか》えり

昭和四三年作。

事情はわからないが、父に背《そむ》いて結婚する娘。それは自分がろうあ者であるせいなのか、とただ嘆いて言う父親。

娘の相手が親の気に入らないという、どこにでもあるケースなのかも知れない。ただ、それを父である自分の障害のせいなのか、と考えてしまうところにろうあ者の哀しみがある。

娘は手話を覚えようとしなかったのだろう。もっぱら祖母に育てられ、ろうあの両親とはろくに話もせずに育ったのかも知れない。かつてよくあったことだ。

娘とも、そして当然その相手とも自由に話し合い、理解し合うことがなかったまま、原因を自分自身に求めようとするのである。

母の生い立ちを知らぬ少女もそうだったのだろうか。

手話を知らず、ろうあの母と自由に語り合ったことのないまま育ったのだろうか。対《むか》いあった伊東は、いったい何を語ろうとするのだろうか。

いや、この場合はそうではあるまい。娘は手話を知っている。育つなかで自然に覚えて、母と自由に手話で語り合える。ただ、ろうあの母は、これまで、自分の惨めな生い立ちを小さな娘には知られたくなかったのだ。語りたくなかったのだ。

その小さな娘が少女として成長した。今は自分のことを知ってほしい。せめて娘にだけは知っておいてほしい。しかし、やはり、自分の口からは語りたくない。

そんな母に代わって、今日、娘とむかいあい、伊東が語り始めようとする――。ろうあ者の忍従の歴史を。ろうあの母がただひたすらに差別に耐え、ひたむきに生きてきたことを。

これもまた手話通訳とよぶのだろうか。

覚えし手話に今は依《よ》る

日本の社会は、高校中退をごく簡単に挫折と決めつける。それが一人の少年の心を親からさえも遠く離してしまうほど傷つけることを考えずに。ろうあ者に対する疎外もまた人の心と心を引き離してしまう。が、しかし――。

耳聾《し》いし夫のため遠く通い来て若き友らに手話学ぶ君

聾唖なる姑にあくまで苦しめば覚えし手話に今は依《よ》ると言う

昭和四六年の作。

一首目は一見、単純明快で明るい。聞こえない夫のために遠くから手話を学びに通って来る、と。

ただ、その妻は、若き友らに手話を学ぶ。そう。本人はもう若くないのだ。若さを失うまでの長い結婚生活の間、妻は手話を知らなかった。夫のために手話が必要だとも思わなかったのだ。熟年をひかえて、妻はようやく夫の寂しさを知り、そして自分の中にひそむ寂しさに気づいたのだろうか。

それだけではあるまい。昭和四六年前後は、手話サークルが本格的な展開を始めた時期である。妻の目覚めは手話サークルを教え、手話サークルの広がりは一人の妻を目覚めさせたのである。

それまで手話を知らなかった結婚生活はどんな生活だったのか、そしてそこに新しい息吹を吹き込んだ手話サークルはどのようにして広がっていったのか。

何も語られてはいないが、背後には長い個人の物語とろうあ運動の新しい展開がある。

背後に長い物語があるのは、二首目もそうだろう。ろうあ者の義母と同居した嫁のこと。義母に苦しめられ、手話を覚えた。そして、今はそうして覚えた手話に自分を託すと言う。夫の親をろうあ者なるが故に疎《うと》んじる妻はざらにあるが、ろうあの姑の嫁いびりに苦しむ優しい妻もいたわけである。

めったにないことだが、ろうあ者がたまたま健聴者に対して権力を持った時、そのろうあ者の忍従の生活が辛く、長いものであればあったほど、健聴者への態度は厳しくなる。

この健聴の嫁は、義母の理不尽な態度に苦しみながら、しかし、その義母に尽くし、義母のために懸命に手話を覚えた。そして、今、その手話に自らを託してボランティアに生きると言う。

こんな経験をして、なおかつろうあ者や手話を敵と見ず、ろうあ者のために手話ボランティアとして生きようとする。素晴らしいことではないか。その人の素晴らしさであると同時に手話サークルの広がりの力の素晴らしさなのだ。

意余りて言葉足らずというか、歌が舌足らずなのは、感動をどう表現するか、伊東自身が見当もつかなかったせいだろう。

一九九五年十二月

手話荒《すさ》びゆく

あれはいつごろのことだったろうか。民法一一条の準禁治産の要件に「耳が聞こえない者」という言葉が残っていた時代である。

たしか父親が交通事故で死亡して多額の賠償金が入った。受取人は母親と三〇歳を越えた娘の二人だったが、母親は、娘がろうあ者であることを理由に準禁治産宣告を申立て、裁判所はこれを認めた。娘の分はすべて母親が管理し、娘は一銭も自由にできなかったのである。

その後、ろうあ運動は民法一一条の改正を勝ち取り、「耳が聞こえない」ことを理由とする準禁治産宣告はなくなった。

しかし、財産をめぐる争いでは依然として「ろうあ者だから」という言葉が使われる。

父親の死後、言われるままに印鑑を押して、本来の権利の何分の一かをもらっただけというろうあ者は少なくない。平等にもらうことはもらったが、管理は一切聞こえる兄弟がしている、という人もいる。

切り裂《さ》かれ切り裂《さ》かれゆく君たちか「財」あれば「親」あれば聾なれば

拙《つた》なければその主張忽《たちま》ちに言い崩され手話荒《すさ》びゆく君に添いおり

一首目は昭和四三年、二首目は昭和四六年の作。

財あれば、とは相続のことだろうか。親あれば、と言うからそうでもないようにも思える。歌の意味はよくわからない。

ただ、財産があり、親きょうだいがあり、そして本人がろうあ者である君たちは、その故に切り裂かれ、切り裂《さ》かれてゆく。正確な意味はつかめないが、切り裂《さ》かれてゆくろうあ者のイメージは鮮明である。

二首目は、一首目とは関係ないのかも知れない。しかし、同じ場を歌ったのなら、それを拒《こば》み、自らを守るために必死に言いつのるろうあ者のことだろう。言いつのるが、しかし、親きょうだいか、親戚か、とにかく聞こえる相手の反論に言葉ではとても抵抗できない。

あせりと絶望に手話も荒《すさ》んでゆくのである。

妄執《もうしゅう》の如《ご》き思い

また苦き事例負う手話わが前にゆらぎておれば心奮《ふる》いつ

何にかくしくまれている賃金差なお低くわが聾唖者働く

いずれも昭和四三年。

また許せない事例を知った。それを訴えるろうあ者の手話が悔しさと怒りに揺れる。向かい合う伊東の心も怒りに奮いたつ。

ろうあ者ゆえの賃金差別の問題は「苦き事例」の典型だろう。

当時は、と言いたいが、今も根強く残っている。理由を聞けば、ただ「聞こえないから」というだけの会社が、如何に多いことだろうか。しかし、それでもろうあ者は働く。黙々と働くしかないのである。

また聾唖者のことあれば夜半《やはん》に目覚めつつこの妄執《もうしゅう》の如《ごと》き思いよ

これは昭和四三年。
苦き事例。越えようのない壁にぶつかり悩むなかで、伊東は夜中に目を覚ます。自分のことではない。考えてもせんないことだ。しかし、眠れぬ夜が続く。まさに妄執《もうしゅう》の如き思い。

手話一途《いちず》なる

どうにもならない思いに眠れぬ夜を過ごすのも手話通訳者なら、ろうあ者の訴える手話に心を奮いたたせるのも手話通訳者だろう。

いち早き解雇聾唖者が負い今か闘いは我らに来おり

ただ待ちて生まるるならぬ闘争と説《と》きつつ君の手話一途《いちず》なる

昭和四六年。

これは解雇反対闘争の歌か。伊東の歌として珍しい部類に入る。ろうあ者の歴史の中でも珍しいからだろう。

賃金差別が苦き事例なら、不況時の解雇はいっそう苦い。人員整理の対象になるのはまず障害者であり、ろうあ者なのである。

ただ、ここでは、「いち早き解雇」に対してろうあ者が立ち上がった。闘いの時は今我らの上に来た、と。伊東も、また。

誰かに引きずられてのもの、自ら立ち上がり、自ら闘いの必要を説く。闘いは、ただ待っていては生まれない、自ら組織し、作りだすものだ、とひたむきに説く。

誰に向かって説くのか。伊東に対してなのか。ろうあの仲間に対してか。いや、ひょっとすると、聞こえる仲間に対して懸命に手話で説いている。伊東は、その手話を声で通訳している。

君の手話一途なる、という言葉は、声で通訳するべく手話を注視し続ける伊東の、そして手話痛訳者の一体感を表現しているようにも思えるのである。

不当解雇の例あげて説きゆくに色めきて怒り充《みつ》る教室

これも昭和四六年。

今度は、伊東が教室の生徒たちに不当解雇の例を説明している。多分、さっきの例だろうか。教室が色めき、怒りにみちるのは、伊東が「苦き事例」としてでなく、怒りと闘いの事例として説明したからだ。

伊東は、この日、妄執の夜を乗り越えることができた。

一九九六年三月

Ⅳ

二十年歌作らぬ

伊東隽祐の短歌は、昭和四六年（一九七一年）を最後に、平成元年（一九八九年）までぷっつりと途絶える。この間なぜ作歌をやめたのか。これは長い間の私の疑問だった。伊東が自分の短歌にそれなりの自負を持っていることははっきりしている。短歌誌『塔』の平成三年三月号には、

二十年歌作らぬを知らざれば我を歌人と呼ぶ友がおり

という伊東の歌がある。

今はともかく、二十年前の歌を作っていた時代については、伊東は自分が歌人と呼ばれることを肯定しているのである。その伊東がなぜ歌を作らなくなったのか。

伊東が送ってきた平成元年以後の自選歌二百数十首を読み返していて気がついた。そうか。作るのをやめたのではない。作れなくなったのだ。

『声なき対話』の時代には京都に手話通訳者が三人いた。しかし、そのうち二人の名は今は聞かない。残り一人の伊東だけが手話通訳から離れなかった。他の二人と違って、離れることができないほどろうあ者にのめりこんでいたからだろう。これをろうあ者側から言えば、当時、手話通訳者とは伊東のことだったということである。

そして、伊東が短歌を作らなくなった昭和四七年は、京都に日本最初の手話サークル「みみずく」が誕生して九年目、国の手話奉仕員養成制度が発足して二年目。また手話通訳者会議という全国組織が、昭和四三年の発足以来五回目の会議を開き、伊東を代表に選んだ年である。全日ろう連が手話通訳についての当面の方針を始めて発表した年でもある。

手話の広がり、手話通訳者の広がりが、滔々《とうとう》たる水音を響かせて渓流から大河に向かおうとしていた時代である。

京都でも、手話通訳者が伊東と同義語であった時代は過ぎ、伊東は手話通訳者集団の組織化に責任を持つ立場になりつつあった。

だから、伊東が忙しかった、短歌どころではなかった、と言うのではない。まあ、それもあったかも知れないが、個であり、私《わたくし》であった手話通訳者伊東が、集団の中の一人、多数の中の一人になりつつあった、ということである。

短歌は、基本的に、私《わたくし》小説と同じ意味で私《わたくし》詩である。虚構はあっても出発点は私にある。過去の伊東は、その「私《わたくし》」をろうあ者と同化させて、ろうあ者の昏《くら》さを見つめ続けた。

こんなことを言うと、アララギ系を自認する伊東は本気で腹を立てるかも知れないが、四捨五入式に断定すると、伊東のろうあ者詠の基底には一種のナルシシズムがあると私は思う。与謝野晶子や石川啄木の歌がそう言われるのとはまた違った意味でのナルシシズムである。

違うのは、伊東のナルシシズムは、私《わたくし》が私《わたくし》そのものでなく、私《わたくし》とろうあ者を同化させ自他一体となった私《わたくし》だ、ということである。

ギリシャ神話のナルシス（ナルキッソス）は池の水面に映った自身の姿を見て水仙と化したが、伊東雋祐は同じ水面に自分と二重写しになったろうあ者を見て、それを短詩形のリリシズムに凝縮させたのだ。

しかし、時代は流れ、手話通訳者は多数の集団となる。個としての手話通訳者、つまり個としての伊東とろうあ者との結びつきは薄れてゆく。水に映った二重像からろうあ者の姿が次第に薄れていくのである。

かくして、伊東のナルシシズムは要《かなめ》となるろうあ者と自他一体の私を失い、伊東は短歌を詠めなくなった、ということではないか。

きらきらと光の中の

数は多くないが、平成元年から再び短歌に向かった理由、これはわかっている。いささか自賛めくが、私が日本聴力障害新聞の編集長になった後、その平成元年新年号に掲載するべく、伊東に短歌づくりを強いたことが原因である。

かくばかり手話溢《あふ》れよろこびくるる君らわれに青年の日はかえりいて

手話自らの言葉となして生きてこし君らわれも輝きていん

観覧席はきらきらと光りの中の手話手話合唱が今し始まる

新年号第一面を飾った伊東の短歌の一部である。

最初のものは、伊東を寿《ことほ》ぐのか、喜びの手話が溢《あふ》れる場。伊東はその中で青年の日に戻る心を歌う。手話溢《あふ》れという言葉だけで充分、よろこびは蛇足《だそく》だろう。

二首目。手話を自らの言葉として生きてきたろうあ者、君たち。その手話の中でこそ自分も輝いているだろう、と。これも手話讃歌である。

最後の一首は、舞台と観客が一体となった手話コーラス。観客は今手話で歌い始めようとする。きらきらと光の中の手話。今まで暗かった客席が一杯の照明に光り輝く実景であり、伊東のはずむ心の輝きでもある。

新年のための、これは題詠《だいえい》である。当然、明るいものになるが、それだけだろうか。以後の伊東の歌は、昭和四六年以前と違ってくる。ろうあ者に同化した詠嘆が減り、手話を歌って明るい。手話への理解が広がったこともあろうがろうあ者と同化したナルシシズムがなくなったということではないか。歌としての魅力はその分大きく希釈化されるのである。

一九九六年五月

四十年疾《はや》し

平成元年に作歌を再開したあと、伊東の歌は明らかに変質する。ろうあ者詠が一気に減り、手話を歌っても個人的愛着というべき歌が増える。好みもあろうが、はっきり言うと、私をひきつける歌が少なくなる。

ここに来てまず手はじめの手話語りわが手話にさまざまな瞳が動く

手話教え終《お》えて教卓に息づくを囲みてやさしわが生徒たち

手話学び手話教えかかる楽しさを知りつ我に四十年疾《はや》し

いつよりか手話とかかわり続けいて過ぎたる早し過ぎたる人らも

いずれも平成元年作。

伊東は、ろう学校を定年で退職したあと、大学講師としてろうあ者問題と手話を教える。最初の二首はその中での歌だろう。

一首目のさまざまな瞳は手話を知らない瞳。手話を初めて見る学生たちの好奇心に満ちた、しかし、偏見のない素直な瞳である。伊東はその瞳に感動する。二首目の生徒たちも同じ学生だろう。始めて見た手話に魅せられ、講義を終えた伊東を教卓にとりまく。

これはこれでいい歌だ。一首目には、手話への偏見が過去のものになった感慨も含まれていよう。しかし、ここでの伊東は何となく好々爺然《こうこうやぜん》としている。私としては、そんな伊東の姿はあまり見たくないのである。

次の二首もそうだ。過ぎこし四十年の早さとか、過去の思い出となったろうあ者への個人的感慨などは、手話通訳者伊東雋祐からは聞きたくもない。過去を歌うのはいいが、ろうあ者の今とつながった過去を歌ってほしいのだ。

手話やめず

視力なくなりし曾根崎鉄男手話やめず通訳には妻に手をひかれ来つ

手話読むは専ら《もは》奥さんに助けられ手話通訳を君続けいる

これも平成元年作。私に言わせると、手話通訳者としての伊東が一線から退いた歌である。曾根崎鉄夫。手話通訳者として九州地方で著名。途中で視力を失ったが、ろうあ者と手話に対する情熱は変わることなく、妻の助けを借りて通訳活動を続けている。手話は目で見る言葉。その手話通訳活動を目が見えなくなった曾根崎鉄夫がする。淡々と歌ったいい歌ではある。そこに何故、一線を退いた伊東の姿を見るのか。

不思議なことに、歌集『声なき対話』には手話通訳者を歌ったものはひとつもない。数こそ少なかったが、伊東の周囲にすばらしい通訳者がいたのに、である。

当時の伊東は、ひたむきにろうあ者を見つめ、ひたむきに通訳した。他の通訳者を離れた所から見る余裕はなかった。余裕が出てきたのは、手話通訳者としての伊東の出番が減ったからだ。

手話通訳者が増え、組織化が進む。伊東自身が通訳現場でろうあ者とむかいあうことが減る。伊東短歌のろうあ者に対するひたむきさは、その分だけ弱まったような気がする。

あたりさわりなき事を

このことは、伊東が全通研の運営委員長となったことと無縁ではない。伊東を委員長とした全通研は、たくさんの手話通訳者を育て、手話通訳を孤独な作業から組織的・社会的な活動にまで高めていったが、他方で、それは自己をろうあ者と一体化したひたむきな手話通訳者としての伊東雋祐を失ってゆく過程であったように思う。

たくらみは我を委員に封じこめ手話通訳は国の制度に乗りぬ

当たりさわりなき事をのみ言う覚え委員長を長く勤め来たりぬ

一首目は平成二年。厚生省公認の手話通訳士認定試験制度が発足した翌年である。これより前、伊東は全通研運営委員長として、手話通訳制度化の委員会にかかわりを持つ。制度化という以上、現実性を意識してのものになる。それを伊東は自らの妥協であるとする。権力のたくらみであり、封じこめである。自らはそれに屈したものである、と言う。

二首目は平成三年。委員長は全通研運営委員長のこと。組織を代表して外部にあたることになった。個人的な思いを自由に述べることは許されない。あたりさわりのないを話をする、それだけを覚えた。これも妥協だと自嘲する。

通訳士制度は、未来を考えたうえの必要な妥協であるが、伊東にそのことを理解せよとは言わない。伊東はあくまで詩人である。

言いたいのは、若き日の伊東の自嘲は、ろうあ者の怒りと一体になっていたということだ。ろうあ者をとりまく現実を見つめて、おのれの無力さを自嘲しながら、そこにはろうあ者のやり場のない怒りが二重写しになっていた。ろうあ者の言葉を通訳しながら、言葉なき怒りを鋭く見ていた。まさに伊東は手話通訳者だった。

だが、国のたくらみで封じこめられ、あたりさわりない事を言うだけになったとする伊東の自嘲には、伊東の姿は見えても、背後にあるはずのろうあ者の姿が見えて来ないのである。

ひとりの手話通訳者としての伊東を失った、と言うゆえんである。

一九九六年八月

手話も閉じこめ

伊東雋祐が誰から手話を学んだのかはよく知らない。特定の一人からではなく、何十人かのろうあ者と手話通訳者からということだけは間違いない。

その中で、特に大きな影響を与えた者として、明石欣造《あかしきんぞう》の名を上げることに異論はないだろう。社団法人京都府ろうあ協会の設立代表者。近畿ろうあ連盟長、全日ろう連監事を歴任。平成四年一月、肺ガンで逝去。

酔うほどに絶妙なりし君が手話思いておれば一人さぶしえ

人声はついに知らざるまま逝《ゆ》きし君昔年《せきねん》の手話を遺《のこ》したり

明石を知らない人にはピンとこないかもしれない。手話の妙を言葉で表すのは無理だろうが、少なくとも「絶妙なりし」「昔年の手話」で片づけられるようなものではない。酒を愛し、人を愛し、飲むほどに、酔うほどに、眼前にその光景を浮かび上がらせるような手話で語り続けた。まさに「手話・この魅力ある言葉」だった。

伊東の手話は明石の手話にどこか似ている。

腑《ふ》分《わ》け終《お》えて連れ出され来し亡骸《なきがら》の君よいつまでも戻らぬ手話よ

見舞う度手話衰えていきにしが君亡骸《なきがら》となりて横たわる

なまなまとわれ呼びこみしその手話も閉じこめ君の 柩《ひつぎ》出《い》でゆく

明石の死んだ後、伊東は、憑《つ》かれたように十数首の歌をつくっている。

詩歌・散文を問わず、人の死を悼《いた》んで生前の声に思いをはせたという例はあまりないだろう。伊東は、しかし、ろうあ者の友の死を哀しんで、ひたすらその手話を歌うのである。

病理解剖を終わって出てきた友の亡骸を見て、その手話がもう戻ってこないことを嘆く。亡骸を前にして、見舞いに行くたびに衰えていった手話を思い、病が進んでいたことを思い返す。

葬儀を終えて送りだす柩に、何よりも故人の手話を偲《しの》び、亡骸とともにその手話も柩の中に閉じこめられてしまったと歌う。

まさに伊東雋祐の歌。伊東にしか詠《よ》めない挽歌だろう。

わけがわからぬ手話

死の際《きわ》はわけがわからぬ手話なりきその手も指もみ骨となりぬ

みな老いしわれら並びてほろほろと崩るる君のみ骨を拾う

はじめ、私は、この歌にはあまり感心しなかった。み骨という表現に抵抗を感じたせいもある。火葬された骨というリアルな題材をとりあげながら、多分に感傷的であり、結局はきれいごとになっているように思えたのである。

二首目については、この感想は今もあまり変わらない。

しかし、一首目は……。

瑕瑾《かきん》は瑕瑾として、ろうあ者と手話を歌って、伊東短歌の中でも優れたもののひとつに入るのではないか。

臨終の言葉は、普通、意味をなさない言葉である。停止寸前の心臓と混濁した脳髄の最後のあがきであって、所詮はうわごとにすぎないのが現実だろう。

そして、その死に立ち会ったことのない者にはとうてい実感できないことだが、ろうあ者は、最後のうわごとを手話で言うのだ。

臨終の時の明石欣造も手を動かして何事かを語ろうとした。しかし、うわごとはうわごと。わけのわからない手話となる。

伊東は、死に臨《のぞ》んだろうあ者の手の動きを、冷静に、しかし万感をこめて見つめる。焼かれた手の骨にその手話をだぶらせる。

手話はろうあ者の文化である。このことを言うのにさまざまな人がさまざまな論陣を張ってきた。しかし、たとえそのために百万言を尽くしてたとしても、この伊東の短歌一首には及ばない、というと過褒《かほう》だろうか。

友一人葬《ほう》りし一日《ひとひ》過ぎんとし手話荒《すさ》びゆく中にわがおり

撮《と》りためしビデオテープの君が手話君なき後に写すことなし

手話君に導かれつつ聾唖者の杳《くら》き日日にもわれは迫りぬ

友の葬儀を行った一日が終わった。死者を悼むのに故人の手話を思った伊東は、死を見送った自らの感慨を荒《すさ》びゆく手話の会話の中に見出す。

ろう学校ができて百年以上になる。聞こえる教師で、ろうあ者の死を送った経験のある者も相当な数になるだろう。しかし、はたして何人の教師が、ろうあ者の死を送った後、手話荒ぶ会話の中に自分を見出した経験を持つだろうか。

二首目、三首目も明石を偲んでの歌。

親しい者の死に会ったとき、故人の姿を探そうとするのも自然なら、故人を思い起こすものから遠ざかろうとするのもまた自然な感情であろう。伊東は、画面に映されることのないビデオに、亡き友の手話を見る。

明石は、いつ会っても明朗快活そのものの人だったが、ろうあ者のひとりとしてやはり心の中に昏さを潜《ひそ》めていたのだろう。昏い日々に迫ったというのは、明石その人のことと無関係ではあるまい。

以上、すべて明石が死亡した平成四年の作である。

一九九六年十月

不思議の中に

前にも言ったことがあるが、伊東が妻について詠《よ》むと不思議に諍《いさか》いの歌が多い。伊東夫妻は見合い結婚。のり子夫人の話では、見合いのあと初めて誘われたデートが比叡山で、当日、待合わせ場所に行ったら、ろうあ者十数人といっしょだったのだそうだ。だから、新婚早々からろうあ者がやってくるのにはすぐ慣れたが、短歌誌の発送を伊東が担当していて、その毎月の作業が自動的に夫人の仕事にされ、文句を言うと「このために結婚したんだ」と言われたのには、頭にきた由《よし》。

しかし、その夫人にとって、一番好きなのは、自分との諍《いさか》いを歌ったものなのだそうだ。

なぜに人を責《せ》めて宥《ゆる》せざる妻よわが母もある日かくありにしを

わが妻がわれに他人の目を向けて不思議の中に入りゆきたり

平成二年の作。

人を責めて、とは誰を責めているのか、ひょっとして伊東自身のことか。ともあれ、人を宥《ゆる》せざる妻よと言う伊東の目は、それだけなら何とも厳しい。争った後の冷《ひや》やかな目というか、妻を宥《ゆる》しそうにない目である。

しかし、その伊東は、わが母もある日はそうだった、と母の姿を妻に重ねる。厳しく見えた目は、実は優しさを複雑にからませ、妻によりかかるのである。

二首目は、逆に、妻が冷《ひや》やかに見る歌。諍いの後だろう。他人のような目で自分を見る。妻であって妻でなくなる不思議な空間に入って行くようだ。夫婦の日常によくあることを歌って、それを「不思議の中に入りゆきたり」としたのが伊東の発見だろう。この言葉で、平凡な生活詠が、それこそ不思議の中に引き込まれるような秀歌になった。

日に幾度妻にいらだちて庭に立つわれに寄りくる二匹の金魚

われ未《いま》だ踏まざる比良に登りこし妻がはずめる声に帰り来《く》

平成三年のもの。

一首目。妻と心を通わせる術《すべ》がなく、一人苛立《いらだ》ちながら庭におりて池の金魚と遊ぶ。これは、しかし、実景ではあるまい。伊東は、寄ってくる二匹の金魚に、己《おのれ》と妻の姿を重ねている。諍《いさか》いの歌に違いはないが、実のところ、伊東の妻恋歌なのだ。相聞歌《そうもんか》を素直に作ろうとしないだけなのである。のり子夫人が、諍《いさか》いの歌が一番好きと言うのも、なるほどもっともだろう。

二首目は、比良山に登った妻が帰ってきました。声がはずんでいます。と、しかし、それだけの単純な歌でもない。比良は、琵琶湖西岸の標高千二百メートルの山。峻険《しゅんけん》だが「われ未だ踏まざる」と言うほどの山でもない。それをわざわざ、自分はまだ登ったことのない山と言う。そこに登ってきた妻を喜んでいるような、嫉妬しているような……。比良は、比良であるような、象徴的な意味があるような……。伊東が妻を詠むと、ここでも、どうも素直ではないのである。

手話なき会話

本気で検討しようともせず、頭から否定する傾向がまだまだ強いが、ろう学校幼稚部段階での手話導入が真剣に議論されつつある。スウェーデンではとうに実現しているそうだ。伊東にとって、ろうあ者とはイコール手話である。昭和四二年には、

手話をさえ知らぬろうあ者となる勿《な》かれかく言い切りて言葉を結ぶ

と詠んでいる。手話を愛することでは誰にも負けない。

しかし、伊東は、また、古い時代のろう学校の教師でもある。日本語の言葉を獲得するにはやはり口話が重要だ、という感覚が理屈抜きにある。

ひたすらにコトバ覚えきて手話知らぬ生徒となりしことは淋しも

少女二人手話なき会話を交わしおり人らまばらになりしホームに

平成三年作。

ことば。言葉。ひたすら言葉を身につけるために頑張ってきて、手話は知る機会がなかった。元ろう学校教師伊東雋祐は、口話の重要性を認めると同時に、手話を知らないろう者を育ててしまった教育を弾劾《だんがい》する。手話を知らない生徒はワイワイガヤガヤの自由な会話を経験することがない。何とも淋しい。身につけた言葉は言葉でなく「コトバ」にすぎないのだ、と。

幼児期の教育と言葉。言葉と口話。言葉とコトバ。伊東は、口話を理解しながら弾劾し、弾劾しながら容認する。この矛盾が伊東雋祐でもある。

二首目の手話なき会話を交わす二人も、コトバで会話するろうの少女だろう。「ひたすらに」の歌と並べると、はっきりしてくる。コトバだけの会話は淋しい会話なのである。

但し、私個人としては、この歌は別の意味にとりたい。

ごく普通の聞こえる少女。人が少なくなったホームで語り合っている。つい先程までろうあ者の中にあり、手話で話し続けていた伊東には、この声だけでの「手話なき会話」を何かしら不思議な存在のように感じたのである。ろうあ者が、声というものの存在について感じるように……。

一九九七年二月

嗤《わら》われて嗤《わら》われている

大企業に勤めているろうあ者から「勤務先に盗聴器をしかけて録音してはいけないか」という相談があった。

仕事の手があいた時、聞こえる同僚たちが、目の前で自分の悪口を言っている。内容は判らないが自分の悪口なのは間違いない。録音を証拠にしたいとのこと。

結論としては「言いたい人には言わせておこう。自分がきちんとしていたらいいのだから」となったのだが、本人も言うだけ言ってさっぱりした顔で帰っていったのだが、私の方は気持ちのどこかにひっかかったままである。

話が聞こえないのになぜ自分の悪口とわかるのか。被害者意識過剰じゃあないか、と言われるかも知れない。たしかに「近所の奥さんたちが集まって悪口を言っている。家にいてもテレビのアンテナを通じてわかる」という神がかり的な相談を持ってくる人もいることはいる。しかし、すべては気のせいかと言うと、そうとも限らない。毎日の雰囲気の積み重ねの中で、敏感な人には、何となくわかる場合がたしかにあるのだ。

嗤《わら》われて嗤《わら》われているを君ら知らねば聾唖者よ何と言う惨《みじ》めかこれは

平成三年の作。

再開後の伊東の歌は手話を歌って明るいと言ったが、重苦しいものもやはりある。このろうあ者も、職場でか、家の回りでか、人から嗤《わら》われている。陰でひそひそではなく、ひょっとすると本人の目の前で、嘲《あざけ》りの会話が交わされている。

手話通訳に行ってそれがわかったが、直接の態度には出ていないので、本人は何も知らない。

本人に知らせて議論の場を作るべきだろうが、今日はたまたま呼ばれただけで今後も来るわけではない。後の解決には何の責任も持たず、いやなことだけを本人に知らせていいのだろうか。嗤《わら》われるろうあ者も惨めだが、どうするか逡巡《しゅんじゅん》する伊東自身もまた惨めなのである。

閉ざされて苦しき

明石欣造のことは以前にもとりあげたが、伊東は、その後も折に触れては明石を偲んだ歌を作っている。

ろうあ者は閉ざされて常に苦しきを心しどろの時は言いにき

手話のことは我におしつくる如《ごと》くにして死にたる君と思うしばしば

この二首も、後出もすべて平成四年の作。

いつも陽気で明るい明石だったが、たまたま落ち込んだときには「ろうあ者の自分は、周囲の自由なコミュニケーションの輪から疎外されていつも苦しいのだ」と言っていたらしい。もっとも「常に苦しき」とは言っても本当にそうなのではあるまい。普段はそんなことを考えないはずだ。実際、明石はもちろん、たいていのろうあ者は、特に手話で語り合う時は、何とも陽気である。

ただ、気持ちが落ち込んでいる時は、いつもは意識しない心の澱《おり》が表面に浮かび上がってくる。閉ざされている時の苦しさを改めて意識する。いつも苦しいのだと言ってしまうのである。

自らを重ねて共感しながら、しかし、共有することはついにできなかったろうあ者明石の心を偲んで哀しい。

手話のことは……、とならべると、このことはいっそうだろう。心しどろの時の明石と、そして手話を語りあった時の明石と、伊東の中では二人の明石が複雑に重なりあう。常に苦しき思いは共有できなかったが、手話については、その思いを共有していたのである。

手話の単位とるわ

明石よ、お前は「手話のこと」を俺に押しつけるようにして、先に死んでしまったじゃあないか、お前がもっともっとやるはずだったのに、と伊東が嘆《なげ》く「手話のこと」とは、手話を究《きわ》めたいということであり、手話への理解を広げたいということだろう。

そして、究めたい、広げたい手話は、「手話、この魅力ある言葉」という意味での手話でもあっただろうが、同時に、

この手話何と訳されて伝わりいるのかと我は聞こえねばただ知りたしと

という思いをともなった言葉でもあったはずだ。

いま、手話は広がってゆこうとしている。誰かが「軽チャーだな」と言っていたが、楽しく明るく、軽やかに、若者たちの間を流れ、広がって行こうとしている。

伊東や明石の思いは水底に残したまま。

「わたし手話の単位をとるわ」とVサイン示してゆきぬ少女また少女

誰よりも早く名を覚えたる学生があっけなくゼミをやめてゆきたり

閉ざされて苦しき中にあったろうあ者の言葉は、聞こえる若者たちが、Vサインを出して

学ぼうとする言葉ともなり、あっけないほど簡単に離れてゆける言葉ともなった。
手話のことを押しつけられたと伊東が歌うのは、こんな現象をお前ならどうするのか、と言いたいのかも知れない。

一九九七年四月

町になき手話

伊東雋祐著作集の刊行が始まった。第二巻は『声なき対話』である。歌集が簡単に入手できるようになったのだから、本稿を書き続ける理由がなくなった気がしないでもない。斎藤茂吉の『作歌四十年』にならって、伊東自身に自選自解を書いてもらいたいところではある。もっとも、短歌は、一旦発表されると作者から独立した存在になる。真意はこうだ、と本人がいくら頑張っても、読者が別の解釈を見出したらそれが優先する。本稿の意味はそこにある。

何のため手話に集まる教師らか町になき手話みな覚えいて

手話にならぬ手話くりかえし手話学ぶ君らに二年手話教え来ぬ

平成三年作。以下も同じ。

前者は「町になき手話」の解釈次第でイメージが分かれるかも知れない。うんと甘く考えると、聞こえる人ばかりの町では通じない手話を、ひたすらろうあ者のために覚えている教師、ということにはなる。

しかし、ここは、集まる教師たちと同じ町にいるろうあ者たちの間には無い手話、とするべきだろう。東京風の手話や新しく造語された手話を覚えて来てはいるが、肝心の地域のろうあ者たちの手話は知らない。これでは通じない。周囲にいるろうあ者の手話から離れて、そこにはない手話を覚えて、いったいどうしようというのか。何のために手話を学びに集まるのか、という気持ちであろう。

二首目も少し似ている。大学か専門学校か、二年間にわたって手話を教えてきた。学生たちは熱心に学んでくれるが、手話にはなっていない。手話にならぬ手話、これもやはり手話なのか。

手話の広がりへの肯定とそれが肝心のろうあ者を置き去りにしていることへの抵抗といらだち、この二首には伊東の心の複雑な揺れがある。

「郡山市《こおりやま》」の手話は「金魚」の手話も兼ねかくて手話造語我らを誘う

鏡の前少しおどけて言う手話か「この脚《あし》よいつまで元気かね」

伊東を誘う手話は、奈良県の金魚の街「郡山」を、金魚で代表させたような手話である。そう言えば、佐賀の「吉野ケ里」を意味する新しい手話も、指文字の「ヨ」なんかとは無縁で、古代人の髪飾りをイメージした表現なのだそうだ。

それは、また、鏡の中に自らの老いを見て、ふとひとり言のように手話が出てくる時の手話でもある。「この脚よ……」と言うときの手話は、いかにも細い、老化した「脚」である。手話の本に載っている抽象的な「脚」の手話ではない。

ろうあ者の夢をみぬ

伊東は「手話に集まる教師らか……」と歌っても「手話に集まる君たちか」と一般化はしない。

短歌つくっていてもいなくても手話の人そんな自分を目指しいたりき

と詠んで、歌に、そして何よりも手話に、生きようとしても、伊東雋祐の去年《こぞ》今年を貫く「棒の如きもの」は、やはりろう学校教師なのである。

職やめてよりろうあ者の夢をみぬ我を儚《はかな》みいて今朝の夢

聾学校に見知らぬろう児また増えおり招かれて旧職員我は来たれば

ろう学校教師の職を定年でやめて、その頃より夢にろうあ者のことを見ることがなくなった、そんな自分を儚んで……、それが今朝の夢だった。「職をやめて生徒たちの夢をみなくなった」と言うなら、教師の歌としてごく平凡だろう。生徒でなく「ろうあ者」と歌い、そして、ろうあ者の夢を見なくなったのを儚んでいるのが、実在の姿ではなく、夢の中でのことというところで、この歌は一気に重層的なイメージをかもし出すことになった。夢を見なくなったことを儚んでいるのではなく、夢を見なくなった自分を夢で見た、という夢中夢。

この「ろうあ者」は、生徒ではないが、生徒から切り離された成人の意味でもない。見知らぬ生徒たちが増えている現実に、あらためて自分は旧職員に過ぎないのだ、と感慨にふける伊東が夢に見るろうあ者には、補聴器をつけたあどけない姿から老いて死を迎える姿までが重なりあっている。

伊東を貫く「棒の如きもの」は聾学校教師だろうが、同時に、その聾学校教師伊東雋祐を貫くものは、幼児も年寄りもない、すべてのろうあ者の哀歓なのである。

一九九七年十月

廃屋となりて久しき

気がついたら半年も休載が続いていた。とりあげるべき伊東短歌がぼちぼち尽きてきた、ということもあるが、実は、昨年秋から急な視力低下に見舞われ、白内障との診断で正月早々から入院していたせいでもある。

簡単とはいえ両眼の手術。テレビはよくないし本も読めない。毎日、病室でぼんやりしていると、死んだ母親のことが思い出されてくる。私自身はこれまで病院とは縁がなく、病室というと、癌で入院していた母親のイメージと重なってくるせいかも知れない。

そういえば、伊東雋祐の母はどんな人だったのだろう。

母を直接歌ったものはないが、平成二年に故郷の廃屋を歌った連作がある。

まがなしく立つ故郷《ふるさと》の家に来ぬ人住まず廃屋となりて久しき

大八車《だいはちぐるま》ひきてこの家を出でしより五十年が過ぎ過ぎてかえらず
この蔵に閉じこめられし幾度《いくたび》か幼き日がいまめぐりおり

どこの地なのか、ずっと廃屋のまま放置されていた故郷の家、そこを五十年前に大八車で出たまま帰ることもしなかった。どんな事情があったのかは、何も語られていない。語られていないからこそ想像も拡がる。
朽ちかけた蔵。親に叱られた伊東少年。罰として閉じこめられ、暗闇のなかで泣いていたのだろうか。五十年の歳月は過ぎてかえらず、幼き日はいまめぐりくる。

わが母の想い残れば

そんな廃屋で、伊東は、母を追憶する。

わが子らの労働を母は恃《たの》みとし病むときも春蚕《はるご》飼い続けいいし

春蚕《はるご》らの桑食《は》む音に心和《なご》み幼きときもひとりなりにき

黄に透《す》きし美しかりし蚕《かいこ》らを上簇《じょうぞく》させし棟《むね》今は無し

農家でも今はもう見られないが蚕《かいこ》を飼うのは女親の仕事だった。子の手伝いをたのみにして、病床にあるときも蚕を飼い続けた母。蚕が桑を食べる音に心が和み、薄黄色に透き通った蚕を美しいと見た少年は、そこに母の心を見たのだろう。蚕が母のイメージと重なっていた時代が昔はあった。

万葉集の「たらちねの母が飼う蚕《こ》の繭《まよ》ごもり……」で始まるいくつかの短歌が思い出される。近くは斎藤茂吉の死にたまふ母。「桑の香《か》の青くただよふ朝明《あさあけ》に堪へがたかれば母呼びにけり」「ひとり来て蚕《かいこ》のへやに立ちたれば我が寂しさは極まりにけり」。

念のため、上簇とは、蚕が十分に成長して繭をつくる段階にまでくると体が透き通ってくる、その時、繭をつくらせるために簇（まぶし）という藁《わら》の束に移すが、このことを言う。

廃屋となりしわが家にわれは来て粕壺《かすつぼ》ひとつ持ち帰るなり

わが母の想い残れば持ち帰り欠けし粕壷は庭に飾りぬ

欠けた粕壷は、廃屋と母と、二重の象徴か。粕壷の意味を考えても仕方ない。かいことかすと韻をふむようでもあり、粕のイメージに母の質素なくらしを重ねるようでもあり、ここは他の壷では駄目なのだ。粕壷だからこそ廃屋に母のイメージが重なる。

遠い昔の故郷を偲《しの》び、亡き母を想い、哀切な一連の歌である。

一方、父については、伊東はこう歌う。

戦場より父が持ちこしロシヤ兵の背嚢《はいのう》が蔵にころがっており

日露戦にゆきたる父の記念ならん勲章が二つ針箱にあり

銃撃より父を守りしというはこれ弾《たま》に破れし軍隊手帳

戦場からもって帰ってきたというロシア兵の背嚢（リュック）、父がもらったらしい勲章。

そしてそれが鉄砲の弾を受けて本人を守ったという軍隊手帳。夕食の時、父は、盃を傾けながら、軍隊時代の話をしたのだろう。父の思い出は、その時間に直結する。父親の仕事や生活への想いは、不思議にない。

ついでだから、兄にも触れておく。

老いし兄とわれと来て春の野に摘みし草々なれば揚げて食《た》ぶべし

今年なお生きている幸《さち》語りつつ川原に兄と春うたげする

兄貴と一緒に野草を摘みにきたんだ。ひとつ、テンプラにでもして食おうか。お互いにまだ生きている幸せを語りあい、この春の野で、さて、久しぶりの二人での宴を始めよう。

雪舞いやまず

廃屋の故郷から帰り、老いた兄との野遊びから帰ると、細々した日常があり、時にその日常から逃げ出したくもなる伊東がある。

午前より街に出て逃がるる如く居る比叡《ひえい》山頂に雪舞いやまず

冬深く陽《ひ》のなき山に聴きており谿《たに》わたり来て翔《と》ぶ風の音

今回は、ろうあ者も手話も出てこない。これも伊東雋祐の短歌だと言う意味で紹介した。

一九九八年五月

息吹きなき手話

昭和四三年、伊東の『声なき対話』が初めて出版された頃のろう学校は、口話絶対主義の時代だった。手話を肯定するろう学校は一校か二校。そもそも手話で自由に話ができる教師は、大阪市立ろう学校など特別な所以外には、ほとんどいなかった。

そのろう学校が少しずつ変わりつつある。少しずつという修飾語を未《いま》だに必要とするが、手話が取り入れられつつある。個々のろう学校と個々の教師による差は激しく、実態としてはさまざまだが、全体としては変わりつつあることに間違いないだろう。

悪しざまにろう教育を指弾《しだん》する側に教え子らつぎつぎに立つ

聾学校教師なりしかばこだわりて手話見ておれば息吹《いぶ》きなき手話

平成五年の作。

過去のろう教育が卒業生から指弾されてきたのは、まあ、他にもいろいろあろうが、手話をあたまから排斥《はいせき》し続けたからだ。ろう児の権利とか発達とかを言っていたかも知れないが、要は、口話を通じての「ことばの獲得」を最大の目標とし、その獲得度によって生徒を選別・差別してきた時期が長く続いたのである。もっと言うと、聾であっても聾唖ではないということに必要以上にこだわり、発声の明瞭度によって選別する傾向が強かったように思う。今も、完全に過去のことだと言い切ってしまうには、まだ問題が残っている。

伊東は、教え子たちからのその指弾を肯定し、支持する。

しかし、同時に、そのろう学校にいた教師の一人として、指弾する側に無条件に立ちきることもできない。一首目では、淡々とただ事実のみが述べられているように見えるが、伊東の複雑な思いがそこにこめられている。

そのろう学校に手話を導入する動きが強くなってきた。ただ、導入するその手話とは何なのか、どんな手話なのか。すべては学校まかせ、教師まかせ。議論自体がまだなされていない。学校間・教師間の共通の理解は確立されていないのである。

二首目は、教師の手話か、生徒たちの手話か、双方についてか。とにかく、最近のろう学校で見る手話のことだろう。意味を伝えることはできても、話し手の気持ちが伝わってこない手話。言葉は単なる記号なのか。話し手のことばが躍動する手話は、ろう学校にはないのか。息吹きなき手話とは生命なき手話と同義である。ろう学校の教師だったからこそ、伊東はろう学校での手話にこだわる。

変容を遂げゆく

息吹《いぶ》きなき手話は、ろう学校の問題とは限らない。手話をめぐって、いま、いろいろな考え方が入り乱れている。「日本手話」「日本語対応手話」「シムコム」「ピジン手話」……。これまた具体的にろうあ者のどんな手話を指すのか、共通の理解が確立されないまま、ただ観念的な用語だけが先行し、広がっている。

造語された「新しい手話」も、自然に受け入れられて広がるものがあり、造語と同時に廃語化の道をたどるものもある、とさまざまである。

時は移りゆくなれば手話も変容を遂げゆくを書きて書きてこだわる

若き聾者ら手話弄《もてあそ》び手話壊すわが無念ただ老いのためならず

平成六年の作。

一首目。言葉は時代とともに変わる。当然、手話もまた変容してゆく。何に発表する文章なのか、伊東はそう書き記しつつ、いま自分が書いたばかりの文字にこだわっている。理屈はその通りだろうが、それですませてしまっていいのか。すべてを、手話の変容と割り切ってしまっていいのか。

この思いは、二首目ではさらに高まる。若いろう者たちが冗談半分でか、本気でか、とにかく好き勝手に作りだし、流行させている手話。それもまた手話なのか。それが手話の変容なのだ、と言えば議論は終わってしまうが、古くから伝えられ、磨かれてきた手話をいたずらに弄び、結局は手話を破壊してしまうことにならないだろうか……。これを昔を懐かしむ老いの繰り言などとは言わせない。ろうあ者が守り育ててきた手話はどうなるのか、と伊東はひとり昂《たかぶ》る。

私も、これに半分賛成する。しかし、残り半分には伊東の老いを感じる、と言うと言葉が過ぎるだろうか。

平成四年に、

若く輝くばかりに見えし君につき駆けおりたりき手話学びたりき

があるが、伊東の思いは、明石欣造《あかしきんぞう》や藤井東洋男《ふじいとよお》（昭和二十年代の大阪市立ろう学校教師）といった過去のろうあ者や手話通訳者の躍動する手話にあり、そこには言葉としての手話と話術としての手話との混同があるのではないか。

斎藤史《さいとうふみ》は、若き日のデビュー作というべき「たそがれの鼻唄よりも薔薇よりも悪事やさしく身に華やぎぬ」で著名な現代歌人だが、老年になって「恋のうた我には無くて〈短歌〉とふ艶《えん》なる衣まとひそめしが」「疲労つもりて引出ししヘルペスなりといふ　八十年生きればそりゃぁあなた」といった歌をつくる。

伊東雋祐が歌を詠みつづけるかぎり、手話を語りつづける限り、自らの老いはとぼけて歌い、手話は、艶に歌ってほしいのである。

一九九八年九月

かくの如《ごと》手話は広がり

「時は移りゆくなれば手話も変容を遂げゆくを書きて書きてこだわる」「若き聾者ら手話弄《もてあそ》び手話壊すわが無念ただ老いのためならず」と二首の短歌を引用して、その昂りに半分賛成するが、残り半分には伊東の老いを感じる、と言った。しかし、これは、どうも読み方が浅かったようだ。ここでの昂《たかぶ》りは、半分も何も、逆に衰えることのない若さから出ているのかもしれない。その方が正解のように思いはじめている。

平成九年の作に、

わがつかう言葉幾つを学生ら「老人語考」に入れて書きおり

がある。伊東の語りかける言葉（音声語）のいくつかが、若者たちによって「老人語」に分類されてゆく。歌としては老いが到来したイメージである。しかし、言葉が時代から取り残されるのと人が時代から取り残されるのとは、別の問題。言葉が古くなることとその思想が古くなることとは、別のことなのである。

多くは時代の流れによる手話の変容に向かって「わが無念」と言い切る昴り。安易な「変容」を認めない情熱と気迫。そこに若々しい抵抗精神を見出せるようにも思える。

このことは、手話学というか、言語としての手話の研究が広がる風潮を背景におくとき、いっそうはっきりしてくる。

「日本手話」と「日本語手話」を分類し手話学かくわれらを距《へだ》つ

かくの如《ごと》手話は広がり手話に寄食する研究者とう現れやまず

平成七年と八年の作。

手話学なるものが、手話を「日本手話」と「日本語手話」とに分類し、結果として、ろうあ者同士を、ろうあ者と通訳者を、そして通訳者同士を隔てる。

手話は広がった。良くも悪くも広がってきた。「研究者」と自称する手話への寄食者も次々に出てくるまでに広がった。

「ろう者は手話という言語による言語的少数者である。障害者ではない」という、響きとしては何とも高らかで魅力的な、同時に、内容としては何とも非科学的で独善的なマニフェスト（宣言）が現れたのは、この頃だったろうか。

言語学からの追究は、音声語とは異なった言語としての手話と音声語の表現としての手話とを明確に区分する。言語の分析として当然の結果である。

ただ、ろうあ者の現実のコミニュケーションが、言語学的に整理された通りの言葉によっているわけではない。言葉には規則があるが、同時に言葉はさまざまであって、規則どおりにはならない。これも当然のことである。

「ろう者・言語的少数者」論は、人間を通じてその言語を論じるのでなく、言語を通じて人間を論じようとする逆立ちの発想によって成り立っている。それも、生きた人間が現実の場で使用する言葉を通じてでなく、観念的な意味での言語によってろうあ者を論じようとするものだとしていい。

伊東が「手話学」と言い「手話に寄食する研究者」と言うとき、そして、それが「かくわれらを距つ」と言うとき、意味は違っても、ひとりひとりの現実のろうあ者の中に入り込み、その生活のなかの言葉と向かい合おうとせず、離れた所からあれこれ言う者に対する苦さがあり、憤《いきどお》りがある。

見るべきものは抽象的・観念的な意味での手話言語ではない。現実にある具体的な手話だ。重要なのは理屈を知ることではない。一人一人のろうあ者の生活を知ることであり、その生活の中での現実の言葉を知ることだ——、と。

これは、むしろ、若々しい昂りとするべきであろう。

手話知らぬまま生きて

そんなふうにあれこれ考えをめぐらせてゆくと、平成五年の、

手話知らぬまま生きて画業遺したる松本竣介《しゅんすけ》思うしばしば

という歌が、何かしら鋭利な刃物のように胸に迫ってきた。松本竣介《しゅんすけ》。戦後しばらくして

夭折《ようせつ》。死後に著名となった岩手出身の画家。

少年時代に聴力を失ったが、ろうあ者と交わった経験はなく、手話を知らなかった。コミュニケーションは、終生、筆談にたよっていた。戦前、軍部の芸術統制に対して、正面からの反論を雑誌『みずえ』に公表し、反戦画家としても知られる。

「ろう者・言語的少数者論」は「ろう文化」論という、これも高らかで魅力的な響きを持つ、しかし、何を意味するのか一向にはっきりしない「文化論」と表裏一体をなす考え方である。この「ろう文化」論の立場からは、松本竣介の画は、他の「ろう画家」の作品とは区別される（筈《はず》である）。手話という言語を持つ少数者の画は「ろう文化」であるが、手話を知らない松本竣介の画は「ろう文化」ではない、と。

しかし、松本竣介を異種のものとする「ろう文化」とはいったい何なのか？

「手話知らぬまま生きて画業遺したる松本竣介思うしばしば」。松本竣介の画は「ろう文化」論の狭量な発想を、存在そのものによって批判しているようにも思える。伊東が何を思ったのかはこの際どうでもいい。この歌から何を感じるか、なのだ。

一九九九年二月

われとひととが一つ

旧聞《きゅうぶん》になったたが、歌集『声なき対話』が復刊されている（文理閣発行・伊東隽祐著作集第二巻）

伊東の属する短歌結社誌『五〇番地』は、これも旧聞になるが、平成一〇年八月号をこの復刊歌集の小特集とし、南鏡子氏が、特に五首の伊東短歌について、ここには「すべて、わが、が使われている。抜き出してから気付いた。われとひととが一つなのである。人が人にここまで間近く寄り添うことが出来るのだ。この柔軟でしん底澄んでいる心は天与のものなのだ」と書いている。

五首の短歌は以下の通り。

わが教卓に来て靴下を編みている少女に冬の陽《ひ》は染《し》みて照る

わが哀楽が生徒の表情に現わるること静かなる時に思いぬ

この不具の子を言う母の言葉にもその場その場でわが溺《おぼ》れきぬ

聾のわが生徒のための身振り劇考え考えて一日過ぎたる

愛のみにあらざりき八年受持ちて来《こ》しなりわが聾児なり精薄児なり

私詩としての短歌

話が飛ぶが、角川書店の月刊誌『短歌』一九九九年三月号は釈迢空《しゃくちょうくう》特集である。民俗学者折口信夫《しのぶ》としても著名な歌人で「たをやめぶり」を評価し、斎藤茂吉《もきち》を核とするアララギ系の短歌が「女流の歌を閉塞した」と批判したことでも知られている。

この特集の中で岩井謙一氏が迢空の「母性」を論じている。

最愛の養子春洋（昭和二〇年、硫黄島で戦死）を歌った、「きさらぎのはつかの空の　月ふかし。まだ生きて子はたゝかふらむか」「洋《ワタ》なかの島に立つ子を　ま愛《ガナ》しみ、我は撫でたり。大きかしらを」「たゝかひの島に向かふと　ひそかなる思ひをもりて、親子ねむりぬ」等に脈々と流れているのは「母性であると思う。迢空は、時空を超えて春洋の心に、体に触れているのである。その思いは、決して父なるものではない」と言う。

父性・母性の違いはそう簡単なものだとも思わないので、にわかには所論に賛成し難いが、迢空の短歌に、父性・母性といったものを超えて渾然《こんぜん》一体となったある何かを見出したと言うのなら、重要な指摘かもしれない。

これは短歌の私《わたくし》詩性と微妙に関係してくるように思う。

志賀直哉で代表される私小説がわざわざ「私《わたくし》」小説と呼ばれるように、文学は、本来、創作であり虚構である。著作の内容と作者の実生活との間には直接の関係はない。

ところが、短歌は「私《わたくし》」を詠むものとされてきた。「ひと」の思いを詠んだものがあることはあるが、特に近代以降、何故か「私《わたくし》詩」となっている。これに抵抗する流れもあっても、やはり例外的な存在と言うべきだろう。

伊東の歌を「われとひととが一つ」としたのも、迢空の歌に母性を発見したのも、背景には短歌の私《わたくし》詩性が影を落としているような気がする。

「われ」を歌うものだから「ひと」を一つにすることが天与と讃えられ、迢空が男性であるからこそ「ひと」のものなる母性が問題となるのではないか。

ただ、私は、この私《わたくし》詩性という背景から離れて、別の立場で、南氏に賛成する。南氏はろうあ者とは関わりのない歌人だそうだが、ろうあ者を知らないのに、伊東の歌が「われとひと（ろうあ者）を一つ」にしたとするその鋭い洞察力に敬意を表したい。

以前に、伊東短歌には、自分とろうあ者を二重映しにした一種のナルシズムがある、と書いた。見る角度がかなり違ってくると思うが、南氏が見たものと私が見たものとは、同じものではないか。

われとしての伊東。ひととしてのろうあ者。私《わたくし》詩性に変わりはないが、ただ、われとひとが二重映しになった私《わたくし》詩なのである。ひとを歌ってわれの心を映《うつ》し、われを歌ってひとの思いを映《うつ》す。そんな歌が伊東には多い。

これは、天与の心かもしれないけれど、それよりも、伊東が手話通訳者であることが大きく関係している、と私は考えている。

手話通訳のわれとひと

手話通訳の本質とは何か。この問に対してはいろいろな回答があろう。しかし、ここでは、通訳者である「われ」が「ひと」であるろうあ者の思いを述べることであり、「われ」はわれ、「ひと」はひととして自立しつつ、われにひとを重ねることだ、と言いたいのだ。

理屈から言えば、通訳者にとっての「ひと」は、ろうあ者だけでなく、聞こえる相手も含まれる。しかし、誤解を恐れずに言い切ってしまうと、ろうあ者をとりまく社会環境と聞こえる相手との対等性に問題がある限り、「ろうあ者の思いを述べる」ことが手話通訳の最も本質的な部分となるし、そうならねばならない。「聞こえる相手の思いを述べる」が本質的部分に入ってくるのは、ごく例外的な場合だけなのだ。

述べるのは「ひと」の思いである。「われ」の思いであってはならない。まして「ひと」を押しのけて「われ」が言挙《ことあ》げすることは許されない。

しかし「われ」の存在を無にして、ただ「ひと」の思いを言うだけなら、それは、ただの翻訳であって手話通訳ではない。まして、ろうあ者の権利を守る通訳とは無縁である。「われ」

の思いと「ひと」の思いが一つに重なるものが真の手話通訳であろう。

「われとひととが一つ」という南氏の言葉は、手話通訳者のあり方について、大きな示唆《しさ》を与えている。復刊された「声なき対話」が、こんな観点から、多くの手話通訳者に読まれることを期待したいと思う。

一九九九年六月

そして八年

自分でもびっくりしているが、本稿《ほんこう》第一回は日本聴力障害新聞一九九一年四月号に掲載された。いつのまにか八年以上たったことになる。

その第一回目の冒頭《ぼうとう》、昭和四三年に発行された『声なき対話』を紹介して、私はこう書いた。

そして二十年。伊東雋祐の短歌はいつのまにか忘れられ、埋《う》もれていった。『声なき対話』のことを知る人はほとんどいない。しかし、日本の近代は『みだれ髪』で目覚め『赤光《しゃっこう》』で確立したというが、『声なき対話』もろうあ運動の目覚めと初期の歩みをそのまま凝縮《ぎょうしゅく》していると言っても過言《かごん》ではない。埋もれさせるのはあまりにも惜しい。

そして――。

そして二十年でなく、そして八年たった。伊東の作歌は再開され『声なき対話』も復刊された。ぼちぼち区切りをつける時期が来たようだ。

ただ、全体を読み返してみると補充しておきたいことが幾つかある。ほころびをとりつくろうことを弥縫《びほう》と言うが、以下はその弥縫である。

輝く一瞬ありき

伊東が、手話に魅せられ、手話に生きてきたことは、万人の認めるところであろう。しかし、手話第一主義ではないことだけは、はっきりさせておきたい。ろう児に豊かな言葉を、というスローガンがろう学校にあったが、伊東にとっての豊かな言葉とは、常に、音声語（日本語）と手話と双方にあったのである。

手話に魅せられた伊東は、同時に、ろう児の音声語の発達を大事にした伊東でもあった。違うのは、伊東が大事にしたのは日本語そのものであって、その発音や読話ではなかったということである。

補聴器をかけてレコード聞く生徒リズムにいつか足合わせつつ
昭和二五年

補聴器をかけて拙《つたな》く歌いつつ汝に輝く一瞬ありき
昭和三八年

遊びはぐれまたわが家に来る幼な子胸に小さき補聴器入れて

昭和二五年と言えば半世紀前。当時のろう学校でも、可能な子どものためには、積極的に補聴器を活用していた。昭和三十年代も後半となると、これは、もう普通のこととなる。今とはまた違うだろうが、聴覚口話法なるものの基本的発想は半世紀前から既にあったし、実行されていたのである。

手話に魅せられる伊東は、補聴器を通じて歌に触れる生徒にも魅せられる。レコードにあわせて足でリズムをとる生徒に感動し、拙くとも声で歌う生徒の姿に「輝く一瞬」を見る。

手話の歌というのがあるが、率直に言って、声の歌と同じ次元に達しているとは思えない。短歌の英訳・仏訳が、しょせんは近いイメージを伝えるだけで、この短詩形の持つ日本語特有の韻律《いんりつ》を表しきれないのと同様である。

描くとも声を出して歌うろう児の姿は、まさに輝く一瞬なのである。

孤独になりているはや

過去の（今もいるかもしれないが）ろう学校教師たちは、豊かな言葉の意味を日本語に限定して来た。手話という言葉の存在を否定し、その「思想」をこどもたちに押しつけてきた。それも、言葉としての日本語でなく、日本語の発音と日本語の読話という「技術」を教育の名で押しつけてきた。

一人一人発音呼吸教えつついつか孤独になりているはや

昭和二六年

呼ばるれば声濁り起《た》つわが生徒北村君は口話優等賞をもらいぬ

一人一人に発音を教える。文字通りの個別指導であり、教える側も次第に孤独を感じてゆく。孤独になってゆくのは、しかし、誰よりも、可否決定を相手に委ねるしかない生徒自身なのである。

口話優等賞をもらう生徒の声が濁っているということにも、二重の思いがある。聞こえる子どもと比べたら声が濁ってはいるが、しかし、声でしゃべれるようになったのだ、という思いと、あれほど孤独な頑張りを繰り返しても、やはり濁っている声は濁っているという現実の正視と。

ろうあ者の心となれと

ここには、他の教師たちが、手話を知らず、知ろうともせず、卒業生と自由な会話ができず、当然、その心を知ることがないまま「豊かな言葉」と言い続けたことへのやるせない批判がある。

手話など知る一人さえなき会に誰か叫んでいるよ聾唖者の心となれと

昭和二七年

教師の集まりか。親たちの集まりか。ろう児の発達を、その教育を考え、語り、学ぶ集いであることは間違いないだろう。

しかし、手話を知る人は誰一人いない。知らないままにろう教育が語られている。ろうあ者と語り合って時を忘れた経験もなく、そもそも語り合う術《すべ》もなく、その心を知ることのない人たちが、ひたすらろう教育を論じている。

問題は、これを「そして二十年」「そして八年」の過ぎ去った昔の姿と言っていいか、どうかということにある。

一九九九年十月

あとがき

本書は、一九九一年四月から一九九九年十月まで、日本聴力障害新聞に連載したものです。まとめるにあたり、字句などについて若干の修正を加えました。伊東先生は、この間ずっとお元気で、筆者の言いたい放題を（多分、苦笑しながら）許容して下さっていましたが、二〇〇六年六月九日、肺出血により逝去されました。七八歳でした。

連載中には「短歌なんてろうあ者とは無縁」といった意見が、ろうあ者から時々ありました。紙面の無駄だ。ろうあ者にはわからないし誰も読まない、と正面から言われたこともあります。

しかし——。

短歌は文学形式のなかで最も長い歴史を持っています。万葉集に収められたその同じ形式が、今日まで千数百年もの間、途切れることなく続いています。これは短歌だけではないでしょうか。

また、昔のお正月と百人一首とは切り離せないものでした。たいていの家では歌かるたをとり、五、六歳の小さな子どもが、意味はわからないまま「恋すてふ我が名はまだき立ちにけり人知れずこそ思ひそめしか」などと暗唱していました。

日本に生まれ育って、この長い歴史のある日本独特の詩形に近づこうとしないのは、それこそもったいないと思うのです。

近づこうとしたが、なじめないし、好きになれなかった、と言う方々は当然いるでしょう。個人の好みの問題です。

ただ、ろうあ者にはわからないと、わざわざ「ろうあ者」を持ってくるのは、間違っていると思います。俵万智《たわらまち》氏の『サラダ記念日』（河出書房新社・一九八七年初版発行）があれだけのベストセラーになったのも、日頃は短歌なんかと縁のない多くの読者がいたからでしょう。

歌集『声なき対話』には、ろうあ者の「昏《くら》さ」を歌ったものがたくさんあります。

若い読者には違和感があるかも知れません。事実、『声なき対話』の後で再開された伊東短歌は昏さを歌いません。手話をうたって明るいのです。

それだけ時代が変わってきたのですが、しかし、過去にあったろうあ者の昏さを知ることは、やはり大事なことでしょう。

そして、この方がもっと大事なことだと思うのですが、それを過去のことだとは、今でも言い切れないのではないでしょうか。

障害は不便だが不幸ではないと言います。まさにその通り。障害の意味を述べて正しい。ただ、その不便の積み重なりが不幸に直結する場合もありますし、そんな生活を強いられている人たちも多いのが現実でしょう。

伊東雋祐が歌ったろうあ者の昏さ。それを昔のことだと言えるには、まだまだ時間と運動が必要だと思うのです。

なお、その後、図書出版文理閣から伊東雋祐著作集が刊行され、第2巻『声なき対話』と第8巻『手話ありて』に短歌が収録されています。

伊東雋祐氏の略歴

昭和二年　京都府福知山市に生まれる
昭和二四年　京都師範学校（現京都教育大学）卒業
昭和二六年　立命館大学文学部卒業
昭和二四～六三年
　京都府立聾学校教諭
昭和四九～平成一五年
　全国手話通訳問題研究会運営委員長
昭和四三～平成一八年
　財団法人全日本ろうあ連盟顧問・参与
平成一〇年　内閣総理大臣表彰
平成一三年　朝日社会福祉賞
平成一六年～　全国手話通訳問題研究会名誉運営委員長
平成一七年　財団法人全日本ろうあ連盟厚生文化賞
平成一八年　逝去

著者紹介
松本　晶行（まつもと　まさゆき）
1939年、大阪市生まれ。８歳のときに流行性脳脊髄膜炎により失聴し、大阪市立ろう学校小学部へ編入。京都大学法学部卒業。1966年弁護士登録。大阪市立大学非常勤講師。財団法人全日本ろうあ連盟副理事長。社団法人大阪聴力障害者協会副理事長。著書に、『障害者六法』（共編　鳩ノ森書房）、『手話への招待』（共編　福村出版）、『岩波講座・子供の発達と教育８（別巻）』（共著　岩波書店）、『聴覚障害者と刑事手続』（共編　ぎょうせい）、『ろうあ者・手話・手話通訳』（文理閣）、『実感的手話文法試論』（全日本ろうあ連盟）等。

手話美しく　伊東雋祐の歌
２００８年８月20日　初版　第１刷発行

著者　松本晶行
表紙絵　いわさきちひろ
写真　豆塚　猛
発行所　財団法人全日本ろうあ連盟　出版局
印刷・製本所　日本印刷株式会社
取扱所　財団法人全日本ろうあ連盟　本部事務所
〒１６２—０８０１
東京都新宿区山吹町１３０　ＳＫビル８Ｆ
ＴＥＬ　０３—３２６８—８８４７
ＦＡＸ　０３—３２６７—３４４５

ISBN978—4—915675—96—6　C0095　Y1900E